莎士比亚戏剧集

威尼斯商人·无事生非

（英）威廉·莎士比亚 著　朱生豪 译

北方联合出版传媒(集团)股份有限公司
万卷出版公司

© （英）威廉·莎士比亚　2014

图书在版编目（CIP）数据

威尼斯商人·无事生非 /（英）莎士比亚著；朱生
豪译. -- 沈阳：万卷出版公司，2014.9
　（莎士比亚戏剧集）
　ISBN 978-7-5470-3181-0

　Ⅰ.①威… Ⅱ.①莎… ②朱… Ⅲ.①喜剧－剧本－
作品集－英国－中世纪 Ⅳ.①I561.33

中国版本图书馆CIP数据核字(2014)第196365号

威尼斯商人·无事生非

责任编辑	李　婧
出 版 者	北方联合出版传媒（集团）股份有限公司
	万卷出版公司
联系电话	024-23284090　　010-57454988
经　　销	各地新华书店发行
印　　刷	北京一鑫印务有限责任公司
版　　次	2014年10月第1版
印　　次	2019年1月第2次印刷
成品尺寸	155mm×220mm
印　　张	12.5
字　　数	140千字
书　　号	978-7-5470-3181-0
定　　价	24.80元

目　录

威尼斯商人

剧中人物

威尼斯公爵

摩洛哥亲王 ⎫
阿拉贡亲王 ⎭ 鲍西娅的求婚者

安东尼奥　威尼斯商人

巴萨尼奥　安东尼奥的朋友

葛莱西安诺 ⎫
萨莱尼奥 ⎬ 安东尼奥和巴萨尼奥的朋友
萨拉里诺 ⎭

罗兰佐　杰西卡的恋人

夏洛克　犹太富翁

杜伯尔　犹太人，夏洛克的朋友

朗斯洛特·高波　小丑，夏洛克的仆人

老高波　朗斯洛特的父亲

里奥那多　巴萨尼奥的仆人

鲍尔萨泽 ⎫
斯丹法诺 ⎭ 鲍西娅的仆人

鲍西娅　富家嗣女

尼莉莎　鲍西娅的侍女

杰西卡　夏洛克的女儿

威尼斯众士绅、法庭官吏、狱吏、鲍西娅家中的仆人及其他侍从

地　点

一部分在威尼斯；一部分在大陆上的贝尔蒙特，鲍西娅邸宅所在地

第一幕

第一场　威尼斯。街道

安东尼奥、萨拉里诺及萨莱尼奥上。

安东尼奥　真的，我不知道我为什么这样闷闷不乐。你们说你们见我这样子，心里觉得很厌烦，其实我自己也觉得很厌烦呢；可是我怎样会让忧愁沾上身，这种忧愁究竟是怎么一种东西，它是从什么地方产生的，我却全不知道；忧愁已经使我变成了一个傻子，我简直有点自己不了解自己了。

萨拉里诺　您的心是跟着您那些扯着满帆的大船在海洋上簸荡着呢；它们就像水上的达官富绅，炫示着它们的豪华，那些小商船向它们点头敬礼，它们却睬也不睬，凌风直驶。

萨莱尼奥　相信我，老兄，要是我也有这么一笔买卖在外洋，我一定要用大部分的心思牵挂它；我一定常常拔草观测风吹的方向，在地图上查看港口码头的名字；凡是足以使我担心那些货物的命运的一切事情，不用说都会引起我的忧愁。

萨拉里诺 吹凉我的粥的一口气，也会吹痛我的心，只要我想到海面上的一阵暴风将会造成怎样一场灾祸。我一看见沙漏的时计，就会想起海边的沙滩，仿佛看见我那艘满载货物的商船倒插在沙里，船底朝天，它的高高的桅樯吻着它的葬身之地。要是我到教堂里去，看见那用石块筑成的神圣的殿堂，我怎么会不立刻想起那些危险的礁石，它们只要略微碰一碰我那艘好船的船舷，就会把满船的香料倾泻在水里，让汹涌的波涛披戴着我的绸缎绫罗；方才还是价值连城的，一转瞬间尽归乌有？要是我想到了这种情形，我怎么会不担心这种情形也许会果然发生，从而发起愁来呢？不用对我说，我知道安东尼奥是因为担心他的货物而忧愁。

安东尼奥 不，相信我；感谢我的命运，我的买卖的成败并不完全寄托在一艘船上，更不是倚赖着一处地方；我的全部财产，也不会因为这一年的盈亏而受到影响，所以我的货物并不能使我忧愁。

萨拉里诺 啊，那么您是在恋爱了。

安东尼奥 呸！哪儿的话！

萨拉里诺 也不是在恋爱吗？那么让我们说，您忧愁，因为您不快乐；就像您笑笑跳跳，说您很快乐，因为您不忧愁，实在再简单也没有了。凭二脸神雅努斯起誓，老天造下人来，真是无奇不有：有的人老是眯着眼睛笑，好像鹦鹉见了吹风笛的人一样；有的人终日皱着眉头，即使涅斯托发誓说那笑话很可笑，他听了也不肯露一露他的牙齿，装出一个笑容来。

    巴萨尼奥、罗兰佐及葛莱西安诺上。

萨莱尼奥 您的一位最尊贵的朋友，巴萨尼奥，跟葛莱西安诺、罗兰佐都来了。再见：您现在有了更好的同伴，我们可以少陪啦。

萨拉里诺 倘不是因为您的好朋友来了，我一定要叫您快乐了才走。

安东尼奥 你们的友谊我是十分看重的。照我看来，恐怕还是你们自己有事，所以借着这个机会想抽身出去吧？

萨拉里诺 早安，各位大爷。

巴萨尼奥 两位先生，咱们什么时候再聚在一起谈谈笑笑？你们近来跟我十分疏远了。难道非走不可吗？

萨拉里诺 您什么时候有空，我们一定奉陪。（*萨拉里诺、萨莱尼奥下。*）

罗兰佐 巴萨尼奥大爷，您现在已经找到安东尼奥，我们也要少陪啦；可是请您千万别忘记吃饭的时候咱们在什么地方会面。

巴萨尼奥 我一定不失约。

葛莱西安诺 安东尼奥先生，您的脸色不大好，您把世间的事情看得太认真了；一个人思虑太多，就会失却做人的乐趣。相信我，您近来真是变的太厉害啦。

安东尼奥 葛莱西安诺，我把这世界不过看作一个世界，每一个人必须在这舞台上扮演一个角色，我扮演的是一个悲哀的角色。

威尼斯商人

葛莱西安诺　让我扮演一个小丑吧。让我在嘻嘻哈哈的欢笑声中不知不觉地老去；宁可用酒温暖我的肠胃，不要用折磨自己的呻吟冰冷我的心。为什么一个身体里面流着热血的人，要那么正襟危坐，就像他祖宗爷爷的石膏像一样呢？明明醒着的时候，为什么偏要像睡去了一般？为什么动不动翻脸生气，把自己气出了一场黄疸病来？我告诉你吧，安东尼奥——因为我爱你，所以我才对你说这样的话：世界上有一种人，他们的脸上装出一副心如止水的神气，故意表示他们的冷静，好让人家称赞他们一声智慧深沉，思想渊博；他们的神气之间，好像说，"我的说话都是纶音天语，我要是一张开嘴唇来，不许有一头狗乱叫！"啊，我的安东尼奥，我看透这一种人，他们只是因为不说话，博得了智慧的名声；可是我可以确定说一句，要是他们说起话来，听见的人，谁都会骂他们是傻瓜的。等有机会的时候，我再告诉你关于这种人的笑话吧；可是请你千万别再用悲哀做钓饵，去钓这种无聊的名誉了。来，好罗兰佐。回头见；等我吃完了饭，再来向你结束我的劝告。

罗兰佐　好，咱们在吃饭的时候再见吧。我大概也就是他所说的那种以不说话为聪明的人，因为葛莱西安诺不让我有说话的机会。

葛莱西安诺　嘿，你只要再跟我两年，就会连你自己说话的口音也听不出来。

安东尼奥　再见，我会把自己慢慢儿训练得多说话一点的。

葛莱西安诺　那就再好没有了；只有干牛舌和没人要的老处女，才是应该沉默的。（葛莱西安诺、罗兰佐下。）

安东尼奥 他说的这一番话有些什么意思？

巴萨尼奥 葛莱西安若比全威尼斯城里无论哪一个人都更会拉上一大堆废话。他的道理就像藏在两桶砻糠里的两粒麦子，你必须费去整天工夫才能够把它们找到，可是找到了它们以后，你会觉得费这许多气力找它们出来，是一点不值得的。

安东尼奥 好，您今天答应告诉我您立誓要去秘密拜访的那位姑娘的名字，现在请您告诉我吧。

巴萨尼奥 安东尼奥，您知道得很清楚，我怎样为了维持我外强中干的体面，把一份微薄的资产都挥霍光了；现在我对于家道中落、生活紧缩，倒也不怎么在乎了；我最大的烦恼是怎样可以解脱我背上这一重重由于挥霍而积欠下来的债务。无论在钱财方面或是友谊方面，安东尼奥，我欠您的债都是顶多的；因为你我交情深厚，我才敢大胆把我心里所打算的怎样了清这一切债务的计划全部告诉您。

安东尼奥 好巴萨尼奥，请您告诉我吧。只要您的计划跟您向来的立身行事一样光明正大，那么我的钱囊可以让您任意取用，我自己也可以供您驱使；我愿意用我所有的力量，帮助您达到目的。

巴萨尼奥 我在学校里练习射箭的时候，每次把一枝箭射得不知去向，便另一枝同样射程的箭向着同一方向射去，眼睛看准了它掉在什么地方，就往往可以把那失去的箭找回来；这样，冒着双重的险，就能找到两枝箭。我提起这一件儿童时代的往事作为譬喻，因为我将要对您说的话，完全是一种很天真的思想。我欠了您很多的债，而且像一个不听话的孩子一样，把借来的钱一起挥霍完了；可是您要

威尼斯商人

是愿意向着您放射第一枝箭的方向，再射出您的第二枝箭，那么这一回我一定会把目标看准，即使不把两枝箭一起找回来，至少也可以把第二枝箭交还给您，让我仍旧对于您先前给我的援助做一个知恩图报的负债者。

安东尼奥 您是知道我的为人的，现在您用这种譬喻的话来试探我的友谊，不过是浪费时间罢了；您要是怀疑我不肯尽力相助，那就比花掉我所有的钱还要对不起我。所以您只要对我说我应该怎么做，如果您知道哪件事是我的力量所能办到的，我一定会给您办到。您说吧。

巴萨尼奥 在贝尔蒙特有一位富家的嗣女，长得非常美貌，尤其值得称道的，她有非常卓越的德性；从她的眼睛里，我有时接到她的脉脉含情的流盼。她的名字叫做鲍西娅，比起古代凯图的女儿，勃鲁托斯的贤妻鲍西娅来，毫无逊色。这广大的世界也没有漠视她的好处，四方的风从每一处海岸上带来了声名籍籍的求婚者；她的光亮的长发就像是传说中的金羊毛，把她所住的贝尔蒙特变做了神话中的王国，引诱着无数的伊阿宋①前来向她追求。啊，我的安东尼奥！只要我有相当的财力，可以和他们中间无论哪一个人匹敌，那么我觉得我有充分的把握，一定会达到愿望的。

安东尼奥 你知道我的全部财产都在海上；我现在既没有钱，也没有可以变换现款的货物。所以我们还是去试一试我的信用，看它在威尼斯城里有些什么效力吧；我一定凭着我这

---

①伊阿宋（Lason），希腊神话中的英雄，曾远征黑海东面的科尔喀斯取金羊毛，克服重重困难，终于成功。

一点面子，能借多少就借多少，尽我最大的力量供给你到贝尔蒙特去见那位美貌的鲍西娅。去，我们两人就去分头打听什么地方可以借到钱，我就用我的信用做担保，或者用我自己的名义给你借下来。（同下。）

第二场　贝尔蒙特。鲍西娅家中一室

鲍西娅及尼莉莎上。

鲍西娅　真的，尼莉莎，我这小小的身体已经厌倦了这个广大的世界了。

尼莉莎　好小姐，您的不幸要是跟您的好运气一样大，那么无怪您会厌倦这个世界的；可是照我的愚见看来，吃得太饱的人，跟挨饿不吃东西的人，一样是会害病的，所以中庸之道才是最大的幸福：富贵催人生白发，布衣蔬食易长年。

鲍西娅　很好的句子。

尼莉莎　要是能够照着它做去，那就更好了。

鲍西娅　倘使做一件事情就跟知道应该做什么事情一样容易，那么小教堂都要变成大礼拜堂，穷人的草屋都要变成王侯的宫殿了。一个好的说教师才会遵从他自己的训诲；我可以教训二十个人，吩咐他们应该做些什么事，可是要我做这二十个人中间的一个，履行我自己的教训，我就要敬谢不敏了。理智可以制定法律来约束感情，可是热情激动起来，就会把冷酷的法令蔑弃不顾；年轻人是一头不受拘束的野兔，会跳过老年人所设立的理智的藩篱。可是我这样大发

威尼斯商人

议论，是不会帮助我选择一个丈夫的。唉，说什么选择！我既不能选择我所中意的人，又不能拒绝我所憎厌的人；一个活着的女儿的意志，却要被一个死了的父亲的遗嘱所箝制。尼莉莎，像我这样不能选择，也不能拒绝，不是太叫人难堪了吗？

尼莉莎　老太爷生前道高德重，大凡有道君子临终之时，必有神悟；他既然定下这抽签取决的方法，叫谁能够在这金、银、铅三匣之中选中了他预定的一只，便可以跟您匹配成亲，那么能够选中的人，一定是值得您倾心相爱的。可是在这些已经到来向您求婚的王孙公子中间，您对于哪一个最有好感呢？

鲍西娅　请你列举他们的名字，当你提到什么人的时候，我就对他下几句评语；凭着我的评语，你就可以知道我对于他们各人的印象。

尼莉莎　第一个是那不勒斯的亲王。

鲍西娅　嗯，他真是一匹小马；他不讲话则已，讲起话来，老是说他的马怎么怎么；他因为能够亲自替自己的马装上蹄铁，算是一件天大的本领。我很有点儿疑心他的令堂太太是跟铁匠有过勾搭的。

尼莉莎　还有那位巴拉廷伯爵呢？

鲍西娅　他一天到晚皱着眉头，好像说，"你要是不爱我，随你的便。"他听见笑话也不露一丝笑容。我看他年纪轻轻，就这么愁眉苦脸，到老来只好一天到晚痛哭流涕了。我宁愿嫁给一个骷髅，也不愿嫁给这两人中间的任何一个；上帝保佑我不要落在这两个人手里！

尼莉莎　您说那位法国贵族勬·滂先生怎样？

鲍西娅　既然上帝造下他来，就算他是个人吧。凭良心说，我知道讥笑人是一桩罪过，可是他！嘿！他的马比那不勒斯亲王那一匹好一点，他的皱眉头的坏脾气也胜过那位巴拉廷伯爵。什么人的坏处他都有一点，可是一点没有他自己的特色；听见画眉唱歌，他就会手舞足蹈；见了自己的影子，也会跟它比剑。我倘然嫁给他，等于嫁给二十个丈夫；要是他瞧不起我，我会原谅他，因为即使他爱我爱到发狂，我也是永远不会报答他的。

尼莉莎　那么您说那个英国的少年男爵，福康勃立琪呢？

鲍西娅　你知道我没有对他说过一句话，因为我的话他听不懂，他的话我也听不懂；他不会说拉丁话、法国话、意大利话；至于我的英国话是如何高明，你是可以替我出席法庭作证的。他的模样倒还长得不错，可是唉！谁高兴跟一个哑巴做手势谈话呀？他的装束多么古怪！我想他的紧身衣是在意大利买的，他的裤子是在法国买的，他的软帽是在德国买的，至于他的行为举止，那是他从四面八方学来的。

尼莉莎　您觉得他的邻居，那位苏格兰贵族怎样？

鲍西娅　他很懂得礼尚往来的睦邻之道，因为那个英国人曾经赏给他一记耳光，他就发誓说，一有机会，立即奉还；我想那法国人是他的保人，他已经签署契约，声明将来加倍报偿哩。

尼莉莎　您看那位德国少爷，萨克逊公爵的侄子怎样？

鲍西娅　他在早上清醒的时候，就已经很坏了，一到下午喝醉了酒，尤其坏透；当他顶好的时候，叫他是个人还有点不够资格，当他顶坏的时候，他简直比畜生好不了多少。要是最不幸的祸事降临到我身上，我也希望永远不要跟他在一起。

尼莉莎 　要是他要求选择，结果居然给他选中了预定的匣子，那时候您倘然拒绝嫁给他，那不是违背老太爷的遗命了吗？

鲍西娅 　为了预防万一起见，我要请你替我在错误的匣子上放好一杯满满的莱因河葡萄酒；要是魔鬼在他的心里，诱惑在他的面前，我相信他一定会选中那一只匣子的。什么事情我都愿意做，尼莉莎，只要别让我嫁给一个酒鬼。

尼莉莎 　小姐，您放心吧，您再也不会嫁给这些贵人中间的任何一个的。他们已经把他们的决心告诉了我，说除了您父亲所规定的用选择匣子决定取舍的办法以外，要是他们不能用别的方法得到您的应允，那么他们决定动身回国，不再麻烦您了。

鲍西娅 　要是没有人愿意照我父亲的遗命把我娶去，那么即使我活到一千岁，也只好终身不字。我很高兴这一群求婚者都是这么懂事，因为他们中间没有一个人我不是唯望其速去的；求上帝赐给他们一路顺风吧！

尼莉莎 　小姐，您还记不记得，当老太爷在世的时候，有一个跟着蒙特佛拉侯爵到这儿来的文武双全的威尼斯人？

鲍西娅 　是的，是的，那是巴萨尼奥；我想这是他的名字。

尼莉莎 　正是，小姐；照我这双痴人的眼睛看起来，他是一切男子中间最值得匹配一位佳人的。

鲍西娅 　我很记得他，他果然值得你的夸奖。

　　　　一仆人上。

鲍西娅　啊！什么事？

仆人　小姐，那四位客人要来向您告别；另外还有第五位客人，摩洛哥亲王，差了一个人先来报信，说他的主人亲王殿下今天晚上就要到这儿来了。

鲍西娅　要是我能够竭诚欢迎这第五位客人，就像我竭诚欢送那四位客人一样，那就好了。假如他有圣人般的德性，偏偏生着一副魔鬼样的面貌，那么与其让他做我的丈夫，还不如让他听我的忏悔。来，尼莉莎。喂，你前面走。正是——

　　　　垂翅狂蜂方出户，寻芳浪蝶又登门。（同下。）

第三场　威尼斯。广场

　　　　　巴萨尼奥及夏洛克上。

夏洛克　三千块钱，嗯？

巴萨尼奥　是的，大叔，三个月为期。

夏洛克　三个月为期，嗯？

巴萨尼奥　我已经对你说过了，这一笔钱可以由安东尼奥签立借据。

夏洛克　安东尼奥签立借据，嗯？

巴萨尼奥　你愿意帮助我吗？你愿意应承我吗？可不可以让我知道你的答复？

夏洛克　三千块钱，借三个月，安东尼奥签立借据。

巴萨尼奥　你的答复呢？

夏洛克　安东尼奥是个好人。

巴萨尼奥　你有没有听见人家说过他不是个好人？

夏洛克　啊，不，不，不，不；我说他是个好人，我的意思是说
　　　他是个有身价的人。可是他的财产却还有些问题：他有一
　　　艘商船开到特里坡利斯，另外一艘开到西印度群岛，我在
　　　交易所里还听人说起，他有第三艘船在墨西哥，第四艘到
　　　英国去了，此外还有遍布在海外各国的买卖；可是船不过
　　　是几块木板钉起来的东西，水手也不过是些血肉之躯，岸
　　　上有旱老鼠，水里也有水老鼠，有陆地的强盗，也有海上
　　　的强盗，还有风波礁石各种危险。不过虽然这么说，他这
　　　个人是靠得住的。三千块钱，我想我可以接受他的契约。

巴萨尼奥　你放心吧，不会有错的。

夏洛克　我一定要放了心才敢把债放出去，所以还是让我再考虑
　　　考虑吧。我可不可以跟安东尼奥谈谈？

巴萨尼奥　不知道你愿不愿意陪我们吃一顿饭？

夏洛克　是的，叫我去闻猪肉的味道，吃你们拿撒勒先知①把魔
　　　鬼赶进去的脏东西的身体！我可以跟你们做买卖，讲交易，
　　　谈天散步，以及诸如此类的事情，可是我不能陪你们吃东
　　　西喝酒做祷告。交易所里有些什么消息？那边来的是谁？

　　　　　　安东尼奥上。

巴萨尼奥　这位就是安东尼奥先生。

夏洛克　（旁白）他的样子多么像一个摇尾乞怜的税吏！我恨他因
　　　为他是个基督徒，可是尤其因为他是个傻子，借钱给人不

---

①拿撒勒先知即耶稣。

取利钱，把咱们在威尼斯城里干放债这一行的利息都压低了。要是我有一天抓住他的把柄，一定要痛痛快快地向他报复我的深仇宿怨。他憎恶我们神圣的民族，甚至在商人会集的地方当众辱骂我，辱骂我的交易，辱骂我辛辛苦苦赚下来的钱，说那些都是盘剥得来的腌臜钱。要是我饶过了他，让我们的民族永远没有翻身的日子。

巴萨尼奥　夏洛克，你听见吗？

夏洛克　我正在估计我手头的现款，照我大概记得起来的数目，要一时凑足三千块钱，恐怕办不到。可是那没有关系，我们族里有一个犹太富翁杜伯尔，可以供给我必要的数目。且慢！您打算借几个月？（向安东尼奥）您好，好先生；哪一阵好风把尊驾吹了来啦？

安东尼奥　夏洛克，虽然我跟人家互通有无，从来不讲利息，可是为了我的朋友的急需，这回我要破一次例。（向巴萨尼奥）他有没有知道你需要多少？

夏洛克　嗯，嗯，三千块钱。

安东尼奥　三个月为期。

夏洛克　我倒忘了，正是三个月，您对我说过的。好，您的借据呢？让我瞧一瞧。可是听着，好像您说您从来借钱不讲利息。

安东尼奥　我从来不讲利息。

夏洛克　当雅各替他的舅父拉班牧羊的时候[1]——这个雅各是我们圣祖亚伯兰的后裔，他的聪明的母亲设计使他做第三代

---

[1] 见《旧约·创世纪》。

的族长，是的，他是第三代——

安东尼奥 为什么说起他呢？他也是取利息的吗？

夏洛克 不，不是取利息，不是像你们所说的那样直接取利息。听好雅各用些什么手段：拉班跟他约定，生下来的小羊凡是有条纹斑点的，都归雅各所有，作为他牧羊的酬劳；到晚秋的时候，那些母羊因为淫情发动，跟公羊交合，这个狡狯的牧人就乘着这些毛畜正在进行传种工作的当儿，削好了几根木棒，插在淫浪的母羊的面前，它们这样怀下了孕，一到生产的时候，产下的小羊都是有斑纹的，所以都归雅各所有。这是致富的妙法，上帝也祝福他；只要不是偷窃，会打算盘总是好事。

安东尼奥 雅各虽然幸而获中，可是这也是他按约应得的酬报；上天的意旨成全了他，却不是出于他自己的力量。你提起这一件事，是不是要证明取利息是一件好事？还是说金子银子就是你的公羊母羊？

夏洛克 这我倒不能说；我只是叫它像母羊生小羊一样地快快生利息。可是先生，您听我说。

安东尼奥 你听，巴萨尼奥，魔鬼也会引证《圣经》来替自己辩护哩。一个指着神圣的名字作证的恶人，就像一个脸带笑容的奸徒，又像一只外观美好、心中腐烂的苹果。唉，奸伪的表面是多么动人！

夏洛克 三千块钱，这是一笔可观的整数。三个月——一年照十二个月计算——让我看看利钱应该有多少。

安东尼奥 好，夏洛克，我们可不可以仰仗你这一次？

夏洛克 安东尼奥先生，好多次您在交易所里骂我，说我盘剥取利，我总是忍气吞声，耸耸肩膀，没有跟您争辩，因为忍受迫害本来是我们民族的特色。您骂我异教徒，杀人的狗，把唾沫吐在我的犹太长袍上，只因为我用我自己的钱博取几个利息。好，看来现在是您来向我求助了；您跑来见我，您说，"夏洛克，我们要几个钱。"您这样对我说。您把唾沫吐在我的胡子上，用您的脚踢我，好像我是您门口的一条野狗一样；现在您却来问我要钱，我应该怎样对您说呢？我要不要这样说，"一条狗会有钱吗？一条恶狗能够借人三千块钱吗？"或者我应不应该弯下身子，像一个奴才似的低声下气，毕恭毕敬地说，"好先生，您在上星期三用唾沫吐在我身上；有一天您用脚踢我；还有一天您骂我狗；为了报答您这许多恩典，所以我应该借给您这么些钱吗？"

安东尼奥 我恨不得再这样骂你、唾你、踢你。要是你愿意把这钱借给我，不要把它当作借给你的朋友——哪有朋友之间通融几个钱也要斤斤较量地计算利息的道理？——你就把它当作借给你的仇人吧；倘使我失了信用，你尽管拉下脸来照约处罚就是了。

夏洛克 嗳哟，瞧您生这么大的气！我愿意跟您交个朋友，得到您的友情；您从前加在我身上的种种羞辱，我愿意完全忘掉；您现在需要多少钱，我愿意如数供给您，而且不要您一个子儿的利息；可是您却不愿意听我说下去。我这完全是一片好心哩。

安东尼奥 这倒果然是一片好心。

夏洛克 我要叫你们看看我到底是不是一片好心。跟我去找一个

威尼斯商人

公证人，就在那儿签好了约；我们不妨开个玩笑，在约里载明要是您不能按照约中所规定的条件，在什么日子、什么地点还给我一笔什么数目的钱，就得随我的意思，在您身上的任何部分割下整整一磅白肉，作为处罚。

安东尼奥　很好，就这么办吧；我原意签下这样一张约，还要对人家说这个犹太人的心肠倒不坏呢。

巴萨尼奥　我宁愿安守贫困，不能让你为了我的缘故签这样的约。

安东尼奥　老兄，你怕什么；我决不会受罚的。就在这两个月之内，离开签约满期还有一个月，我就可以有九倍这笔借款的数目进门。

夏洛克　亚伯兰老祖宗啊！瞧这些基督徒因为自己待人刻薄，所以疑心人家对他们不怀好意。请您告诉我，要是他到期不还，我照着约上规定的条款向他执行处罚了，那对我又有什么好处？从人身上割下来的一磅肉，它的价值可以比得上一磅羊肉、牛肉或是山羊肉吗？我为了要博得他的好感，所以才向他卖这样一个交情；要是他愿意接受我的条件，很好，否则就算了。千万请你们不要误会我这一番诚意。

安东尼奥　好，夏洛克，我愿意签约。

夏洛克　那么就请您先到公证人的地方等我，告诉他这一张游戏的契约怎样写法；我就去马上把钱凑起来，还要回到家里去瞧瞧，让一个靠不住的奴才看守着门户，有点放心不下；然后我立刻就来瞧您。

安东尼奥　那么你去吧，善良的犹太人。（夏洛克下）这犹太人快要变做基督徒了，他的心肠变得好多啦。

巴萨尼奥　我不喜欢口蜜腹剑的人。

安东尼奥　好了好了，这又有什么要紧？再过两个月，我的船就
要回来了。(同下。)

威尼斯商人

第二幕

第一场　贝尔蒙特。鲍西娅家中一室

　　喇叭奏花腔。摩洛哥亲王率侍从；鲍西娅、尼莉莎及婢仆等同上。

摩洛哥亲王　不要因为我的肤色而憎厌我；我是骄阳的近邻，我这一身黝黑的制服，便是它的威焰的赐予。给我在终年不见阳光、冰山雪柱的极北找一个最白皙姣好的人来，让我们刺血察验对您的爱情，看看究竟是他的血红还是我的血红。我告诉你，小姐，我这副容貌曾经吓破了勇士的肝胆；凭着我的爱情起誓，我们国土里最有声誉的少女也曾为它害过相思。我不愿变更我的肤色，除非为了取得您的欢心，我的温柔的女王！

鲍西娅　讲到选择这一件事，我倒并不单单凭信一双善于挑剔的少女的眼睛；而且我的命运由抽签决定，自己也没有任意取舍的权力；可是我的父亲倘不曾用他的远见把我束缚住了，使我只能委身于按照他所规定的方法赢得我的男子，那么您，声名卓著的三子，您的容貌在我的心目之中，并不比我所已经看到的那些求婚者有什么逊色。

摩洛哥亲王　单是您这一番美意，已经使我万分感激了；所以请您带我去瞧瞧那几个匣子，试一试我的命运吧。凭着这一柄曾经手刃波斯王并且使一个三次战败苏里曼苏丹的波斯王子授首的宝剑起誓　我要瞪眼吓退世间最狰狞的猛汉，跟全世界最勇武的壮士比赛胆量，从母熊的胸前夺下哺乳的小熊；当一头饿狮咆哮攫食的时候，我要向它揶揄侮弄，为了要博得你的垂青，小姐。可是唉！即使像赫剌克勒斯那样的盖世英雄，要是跟他的奴仆赌起骰子来，也许他的运气还不如一个下贱之人——而赫剌克勒斯终于在他的奴仆的手里送了命①。我现在听从着盲目的命运的指挥，也许结果终于失望，眼看着一个不如我的人把我的意中人挟走，而自己在悲哀中死去。

鲍西娅　您必须信任命运，或者死了心放弃选择的尝试，或者当您开始选择以前，先立下一个誓言，要是选得不对，终身不再向任何女子求婚；所以还是请您考虑考虑吧。

摩洛哥亲王　我的主意已决，不必考虑了；来，带我去试我的运气吧。

鲍西娅　第一先到教堂里去；吃过了饭，您就可以试试您的命运。

---

①希腊英雄赫剌克勒斯从三侍从手里穿上一件毒衣，因而致死。

摩洛哥亲王 好，成功失败，在此一举！正是不挟美人归，壮士无颜色。（奏喇叭；众下。）

第二场　威尼斯。街道

朗斯洛特·高波上。

朗斯洛特 要是我从我的主人这个犹太人的家里逃走，我的良心是一定要责备我的。可是魔鬼拉着我的臂膀，引诱着我，对我说，"高波，朗斯洛特·高波，好朗斯洛特，拔起你的腿来，开步，走！"我的良心说，"不，留心，老实的朗斯洛特；留心，老实的高波；"或者就是这么说，"老实的朗斯洛特·高波，别逃跑；用你的脚跟把逃跑的念头踢得远远的。"好，那个大胆的魔鬼却劝我卷起铺盖滚蛋；"去呀！"魔鬼说，"去呀！看在老天的面上，鼓起勇气来，跑吧！"好，我的良心挽住我心里的脖子，很聪明地对我说，"朗斯洛特我的老实朋友，你是一个老实人的儿子，"——或者还不如说一个老实妇人的儿子，因为我的父亲的确有点儿不大那个，有点儿很丢脸的坏脾气——好，我的良心说，"朗斯洛特，别动！"魔鬼说，"动！"我的良心说，"别动！""良心，"我说，"你说得不错；""魔鬼，"我说，"你说得有理。"要是听良心的话，我就应该留在我的主人那犹太人家里，上帝恕我这样说，他也是一个魔鬼；要是从犹太人的地方逃走，那么我就要听从魔鬼的话，对不住，他本身就是魔鬼。可是我说，那犹太人一定就是魔鬼的化身；凭良心说话，我的良心劝我留在犹太人地方，未免良心太狠。还是魔鬼的话说得像个朋友。我要跑，魔鬼；我的脚跟听从着你的指挥；我一定要逃跑。

老高波拎篮上。

老高波　年轻的先生，请问一声，到犹太老爷的家里怎么走？

朗斯洛特　（旁白）天啊！这是我的亲生的父亲，他的眼睛因为有八九分盲，所以不认识我。待我戏弄他一下。

老高波　年轻的少爷先生，请问一声，到犹太老爷的家里怎么走？

朗斯洛特　你在转下一个弯的时候，往右手转过去；临了一次转弯的时候，往左手转过去；再下一次转弯的时候，什么手也不用转，曲曲弯弯地转下去，就转到那犹太人的家里了。

老高波　嗳哟，这条路可不容易走哩！您知道不知道有一个住在他家里的朗斯洛特，现在还在不在他家里？

朗斯洛特　你说的是朗斯洛特少爷吗？（旁白）瞧着我吧，现在我要诱他流起眼泪来了。——你说的是朗斯洛特少爷吗？

老高波　不是什么少爷，先生，他是一个穷人的儿子；他的父亲，不是我说一句，是个老老实实的穷光蛋，多谢上帝，他还活得好好的。

朗斯洛特　好，不要管他的父亲是个什么人，咱们讲的是朗斯洛特少爷。

老高波　他是您少爷的朋友，他就叫朗斯洛特。

朗斯洛特　对不住，老人家，所以我要问你，你说的是朗斯洛特少爷吗？

老高波　是朗斯洛特，少爷。

朗斯洛特　所以就是朗斯洛特少爷。老人家，你别提起朗斯洛特少爷啦；因为这位年轻的少爷，根据天命气数鬼神这一类阴阳怪气的说法，是已经去世啦，或者说得明白一点是已经归天啦。

老高波　嗳哟，天哪！这孩子是我老年的拐杖，我的唯一的靠傍哩。

朗斯洛特　（旁白）我难道像一根棒儿，或是一根柱子？一根撑棒，或是一根拐杖？——爸爸，您不认识我吗？

老高波　唉，我不认识您，年轻的少爷；可是请您告诉我，我的孩子——上帝安息他的灵魂！——究竟是活着还是死了？

朗斯洛特　您不认识我吗，爸爸？

老高波　唉，少爷，我是个瞎子；我不认识您。

朗斯洛特　嗷，真的，您就是眼睛明亮，也许会不认识我，只有聪明的父亲才会知道自己的儿子。好，老人家，让我告诉您关于您儿子的消息吧。请您给我祝福；真理总会显露出来，杀人的凶手总会给人捉住；儿子虽然会暂时躲过去，事实到最后总是瞒不过的。

老高波　少爷，请您站起来。我相信您一定不会是朗斯洛特，我的孩子。

朗斯洛特　废话少说，请您给我祝福：我是朗斯洛特，从前是您的孩子，现在是您的儿子，将来也还是您的小子。

老高波　我不能想像您是我的儿子。

朗斯洛特　那我倒不知道应该怎样想法了；可是我的确是在犹太人家里当仆人的朗斯洛特，我也相信您的妻子玛格蕾就是我的母亲。

老高波　她的名字果真是玛格蕾。你倘然真的就是朗斯洛特，那么你就是我亲生血肉了。上帝果然灵圣！你长了多长的一把胡子啦！你脸上的毛，比我那拖车子的马儿道平尾巴上的毛还多呐！

朗斯洛特　这样看起来，那么道平的尾巴一定是越长越短了；我还清楚记得，上一次我看见它的时候，它尾巴上的毛比我脸上的毛多得多哩。

老高波　上帝啊！你真是变了样子啦！你跟主人合得来吗？我给他带了点儿礼物来了。你们现在合得来吗？

朗斯洛特　合得来，合得来；可是从我自己这一方面讲，我既然已经决定逃跑，那么非到跑了一程路之后，我是决不会停下来的。我的主人是个十足的犹太人；给他礼物！还是给他一根上吊的绳子吧。我替他做事情，把身体都饿瘦了；您可以用我的肋骨摸出我的每一条手指来。爸爸，您来了我很高兴。把您的礼物送给一位巴萨尼奥大爷吧，他是会赏漂亮的新衣服给用人穿的。我要是不能服侍他，我宁愿跑到地球的尽头去。啊，运气真好！正是他来了。到他跟前去，爸爸。我要是再继续服侍这个犹太人，连我自己都要变做犹太人了。

　　　　　　巴萨尼奥率里奥邪多及其他侍从上。

巴萨尼奥　你们就这样做吧，可是要赶快点儿，晚饭顶迟必须在五点钟预备好。这几封信替我分别送出；叫裁缝把制服做起来；回头再请葛莱西安诺立刻到我的寓所里来。（一仆下。）

朗斯洛特　上去，爸爸。

老高波　上帝保佑大爷！

巴萨尼奥　谢谢你，有什么事？

老高波　大爷，这一个是我的儿子，一个苦命的孩子——

威尼斯商人

朗斯洛特 不是苦命的孩子，大爷，我是犹太富翁的跟班，不瞒大爷说，我想要——我的父亲可以给我证明——

老高波 大爷，正像人家说的，他一心一意地想要侍候——

朗斯洛特 总而言之一句话，我本来是侍候那个犹太人的，可是我很想要——我的父亲可以给我证明——

老高波 不瞒大爷说，他的主人跟他有点儿意见不合——

朗斯洛特 干脆一句话，实实在在说，这犹太人欺侮了我，他叫我——我的父亲是个老头子，我希望他可以替我向您证明——

老高波 我这儿有一盘烹好的鸽子送给大爷，我要请求大爷一件事——

朗斯洛特 废话少说，这请求是关于我的事情，这位老实的老人家可以告诉您；不是我说一句，我这父亲虽然是个老头子，却是个苦人儿。

巴萨尼奥 让一个人说话。你们究竟要什么？

朗斯洛特 侍候您，大爷。

老高波 正是这一件事，大爷。

巴萨尼奥 我认识你；我可以答应你的要求；你的主人夏洛克今天曾经向我说起，要把你举荐给我。可是你不去侍候一个有钱的犹太人，反要来做一个穷绅士的跟班，恐怕没有什么好处吧。

朗斯洛特 大爷，一句老古话刚好说着我的主人夏洛克跟您：他有的是钱，您有的是上帝的恩惠。

巴萨尼奥 你说得很好。老人家，你带着你的儿子，先去向他的旧主人告别，然后再来打听我的住址。（向侍从）给他做一身比别人格外鲜艳一点的制服，不可有误。

朗斯洛特　爸爸，进去吧。我不能得到一个好差使吗？我生了嘴不会说话吗？好，（视手掌）在意大利要是有谁生得一手比我还好的掌纹，我一定会交好运的。好，这儿是一条笔直的寿命线；这儿有不多几个老婆；唉！十五个老婆算得什么，十一个寡妇，再加上九个黄花闺女，对于一个男人也不算太多啊。还要三次溺水不死，有一次几几乎在一张天鹅绒的床边送了性命，好险呀好险！好，要是命运之神是个女的，这一回她倒是个很好的娘儿。爸爸，来，我要用一霎眼的功夫向那犹太人告别。（朗斯洛特及老高波下。）

巴萨尼奥　好里奥那多，请你记好，这些东西买到以后，把它们安排停当，就赶紧回来，因为我今晚要宴请我的最有名望的相识；快去吧。

里奥那多　我一定给您尽力办去。

　　　　　　葛莱西安诺上。

葛莱西安诺　你家主人呢？

里奥那多　他就在那边走着，先生。（下。）

葛莱西安诺　巴萨尼奥大爷！

巴萨尼奥　葛莱西安诺！

葛莱西安诺　我要向您提出一个要求。

巴萨尼奥　我答应你。

葛莱西安诺　您不能拒绝我；我一定要跟您到贝尔蒙特去。

巴萨尼奥　啊，那么我只好让你去了。可是听着，葛莱西安诺，你这个人太随便，太不拘礼节，太爱高声说话了；这几点本来对于你是再合适不过的，在我们的眼睛里也不以为嫌，

威尼斯商人

可是在陌生人家里，那就好像有点儿放肆啦。请你千万留
心在你的活泼的天性里尽力放进几分冷静去，否则人家见
了你这样狂放的行为，也许会对我发生误会，害我不能达
到我的希望。

葛莱西安诺 巴萨尼奥大爷，听我说。我一定会装出一副安详的
态度，说起话来恭而敬之，难得赌一两句咒，口袋里放一
本祈祷书，脸孔上堆满了庄严；不但如此，在念食前祈祷
的时候，我还要把帽子拉下来遮住我的眼睛，叹一口气，
说一句"阿门"；我一定遵守一切礼仪，就像人家有意装
得循规蹈矩去讨他老祖母的欢喜一样。要是我不照这样的
话做去。您以后不用相信我好了。

巴萨尼奥 好，我们倒要瞧瞧你装得像不像。

葛莱西安诺 今天晚上可不算；您不能按照我今天晚上的行动来
判断我。

巴萨尼奥 不，今天晚上就这样做，那未免太杀风景了。我倒要
请你今天晚上痛痛快快地欢畅一下，因为我已经跟几个朋
友约定，大家都要尽兴狂欢。现在我还有点事情，等会儿见。

葛莱西安诺 我也要去找罗兰佐，还有那些人；晚饭的时候我们
一定来看您。（各下）

第三场　同前。夏洛克家中一室

杰西卡及朗斯洛特上。

杰西卡 你这样离开我的父亲，使我很不高兴；我们这个家是一

座地狱，幸亏有你这淘气的小鬼，多少解除了几分闷气。可是再会吧，朗斯洛特，这一块钱你且拿了去；你在晚饭的时候，可以看见一位叫做罗兰佐的，是你新主人的客人，这封信你替我交给他，留心别让旁人看见。现在你快去吧，我不敢让我的父亲瞧见我跟你谈话。

朗斯洛特　再见！眼泪哽住了我的舌头。顶美丽的异教徒，顶温柔的犹太人！要不是有个基督徒来把你拐跑，就算我有眼无珠。再会吧！这些傻气的泪点，快要把我的男子气概都淹没啦。再见！

杰西卡　再见，好朗斯洛特。（朗斯洛特下）唉，我真是罪恶深重，竟会羞于做我父亲的孩子！可是虽然我在血统上是他的女儿，在行为上却不是他的女儿。罗兰佐啊！你要是能够守信不渝，我将要结束我内心的冲突，皈依基督教，做你的亲爱的妻子。（下。）

第四场　同前。街道

葛莱西安诺、罗兰佐、萨拉里诺及萨莱尼奥同上。

罗兰佐　不，咱们就在吃晚饭的时候溜了出去，在我的寓所里化装好了，只消一点钟工夫就可以把事情办好回来。

葛莱西安诺　咱们还没有好好儿准备呢。

萨拉里诺　咱们还没有提到过拿火炬的人。

萨莱尼奥　那一定要经过一番训练，否则叫人瞧着笑话；依我看来，还是不用了吧。

罗兰佐 现在还不过四点钟；咱们还有两个钟头可以准备起来。

　　　　　　　朗斯洛特持函上。

罗兰佐 朗斯洛特朋友，你带什么消息来了？

朗斯洛特 请您把这封信拆开来，好像它会告诉您。

罗兰佐 我认识这笔迹；这几个字写得真好看；写这封信的那双手，是比这信纸还要洁白的。

葛莱西安诺 一定是情书。

朗斯洛特 大爷，小的告辞了。

罗兰佐 你还要到哪儿去？

朗斯洛特 呃，大爷，我要去请我的旧主人犹太人今天晚上陪我的新主人基督徒吃饭。

罗兰佐 慢着，这几个钱赏给你；你去回复温柔的杰西卡，我不会误她的约；留心说话的时候别给旁人听见。各位，去吧。（朗斯洛特下）你们愿意去准备今天晚上的假面跳舞会吗？我已经有了一个拿火炬的人了。

萨拉里诺 是，我立刻就去准备起来。

萨莱尼奥 我也就去。

罗兰佐 再过一点钟左右，咱们大家在葛莱西安诺的寓所里相会。

萨拉里诺 很好。（萨拉里诺、萨莱尼奥同下。）

葛莱西安诺 那封信不是杰西卡写给你的吗？

罗兰佐 我必须把一切都告诉你。她已经教我怎样带着她逃出她父亲的家，告诉我她随身带了多少金银珠宝，已经准备好怎样一身小童的服装。要是她的父亲那个犹太人有一天会上天堂，那一定因为上帝看在他善良的女儿面上特别开恩；恶运再也不敢侵犯她，除非因为她的父亲是一个奸诈的犹太人。来，跟我一块儿去；你可以一边走一边读这封信。美丽的杰西卡将要替我拿着火炬。（同下。）

第五场　同前。夏洛克家门前

夏洛克及朗斯洛特上。

夏洛克　好，你就可以知道，你就可以亲眼瞧瞧夏洛克老头子跟巴萨尼奥有什么不同哩。——喂，杰西卡！——我家里容得你狼吞虎咽，别人家里是不许你这样放肆的。——喂，杰西卡！——我家里还让你睡觉打鼾，把衣服胡乱撕破。——喂，杰西卡！

朗斯洛特　喂，杰西卡！

夏洛克　谁叫你喊的？我没有叫你喊呀。

朗斯洛特　您老人家不是常尝怪我一定要等人家吩咐了才做事吗？

杰西卡上。

杰西卡　您叫我吗？有什么吩咐？

夏洛克　杰西卡，人家请我去吃晚饭；这儿是我的钥匙，你好生收管着。可是我去干吗呢？人家又不是真心邀请我，他们不过拍拍我的马屁而已。可是我因为恨他们，倒要去这一趟，受用受用这个浪子基督徒的酒食。杰西卡，我的孩子，留心照看门户。我实在有点不愿意去；昨天晚上我做梦看见钱袋，恐怕不是个吉兆，叫我心神难安。

朗斯洛特　老爷，请您一定去；我家少爷在等着您赏光呢。

夏洛克 我也在等着他赏我一记耳光哩。

朗斯洛特 他们已经商量好了；我并不说您可以看到一场假面跳舞，可是您要是果然看到了，那就怪不得我在上一个黑曜日①早上六点钟会流起鼻血来啦，那一年正是在圣灰节星期三第四年的下午。

夏洛克 怎么！还有假面跳舞吗？听好，杰西卡，把家里的门锁上了；听见鼓声和弯笛子的怪叫声音，不许爬到窗槅子上张望，也不要伸出头去，瞧那些脸上涂得花花绿绿的傻基督徒们打街道上走过。把我这屋子的耳朵都封起来——我说的是那些窗子；别让那些无聊的胡闹的声音钻进我的清静的屋子。凭着雅各的牧羊杖发誓，我今晚真有点不想出去参加什么宴会。可是就去这一次吧。小子，你先回去，说我就来了。

朗斯洛特 那么我先去了，老爷。小姐，留心看好窗外；"跑来一个基督徒，不要错过好姻缘。"（下。）

夏洛克 嘿，那个夏甲的傻瓜后裔②说些什么？

杰西卡 没有说什么，他只是说，"再会，小姐。"

夏洛克 这蠢才人倒还好，就是食量太大；做起事来，慢腾腾的

---

①黑曜日（Black-Monday）即复活节礼拜一。此名的由来，据说是因一三六○年四十四日的复活节礼拜一，英王爱德华三世进攻巴黎，正值暴风雨，兵士多冻死。流鼻血为不吉之兆，故云。

②夏甲（Hagar）为犹太人始祖亚伯兰（后上帝改其名为亚伯拉罕）正妻撒拉的婢女，撒拉因无子，劝亚伯兰纳夏甲为次妻；夏甲生子后，遭撒拉之妒，与其子并遭斥逐。见《旧约·创世纪》。此处所云"夏甲后裔"，系表示"贱种"之意。

像条蜗牛一般；白天睡觉的本领，比野猫还胜过几分；我家里可容不得懒惰的黄蜂，所以才打发他走了，让他去跟着那个靠借债过日子的败家精，正好帮他消费。好，杰西卡，进去吧；也许我一会儿就回来。记住我的话，把门随手关了。"缚得牢，跑不了"，这是一句千古不磨的至理名言。（下。）

杰西卡 再会；要是我的命运不跟我作梗，那么我将要失去一个父亲，你也要失去一个女儿了。（下。）

第六场　同前

葛莱西安诺及萨拉里诺戴假面同上。

葛莱西安诺 这儿屋檐下便是罗兰佐叫我们守望的地方。

萨拉里诺 他约定的时间快要过去了。

葛莱西安诺 他会迟到真是件怪事，因为恋人们总是赶在时钟的前面的。

萨拉里诺 啊！维纳斯的鸽子飞去缔结新欢的盟约，比之履行旧日的诺言，总是要快上十倍。

葛莱西安诺 那是一定的道理。谁在席终人散以后，他的食欲还像初入座时候那么强烈？哪一匹马在冗长的归途上，会像它起程时那么长驱疾驰？世间的任何事物，追求时候的兴致总要比享用时候的兴致浓烈。一艘新下水的船只扬帆出港的当儿，多么像一个娇养的少年，给那轻狂的风儿爱抚搂抱！可是等到它回来的时候，船身已遭风日的侵蚀，船帆也变成了百结的破衲，它又多么像一个落魄的浪子，给那轻狂的风儿肆意欺凌！

萨拉里诺　罗兰佐来啦；这些话你留着以后再说吧。

　　　　罗兰佐上。

罗兰佐　两位好朋友，累你们久等了，对不起得很；实在是因为我有点事情，急切里抽身不出。等你们将来也要偷妻子的时候，我一定也替你你们守这么些时候。过来，这儿就是我的犹太岳父所住的地方。喂！里面有人吗？

　　　　杰西卡男装自上方上。

杰西卡　你是哪一个？我虽然认识你的声音，可是为了免得错认人，请你把名字告诉我。

罗兰佐　我是罗兰佐，你的爱人。

杰西卡　你果然是罗兰佐，也的确是我的爱人；除了你，谁会使我爱得这个样子呢？罗兰佐，除了你之外，谁还知道我究竟是不是属于你的呢？

罗兰佐　上天和你的思想，都可以证明你是属于我的。

杰西卡　来，把这匣子接住了，你拿了去会大有好处。幸亏在夜里，你瞧不见我，我改扮成这个怪样子，怪不好意思哩。可是恋爱是盲目的，恋人们瞧不见他们自己所干的傻事；要是他们瞧得见的话，那么丘匹德瞧见我变成了一个男孩子，也会红起脸来哩。

罗兰佐　下来吧，你必须替我拿着火炬。

杰西卡　怎么！我必须拿着烛火，照亮自己的羞耻吗？像我这样子，已经太轻狂了，应该遮掩遮掩才是，怎么反而要在别人面前露脸？

罗兰佐 亲爱的，你穿上这一身漂亮的男孩子衣服，人家不会认出你来的。快来吧，夜色已经在不知不觉中浓了起来，巴萨尼奥在等着我们去赴宴呢。

杰西卡 让我把门窗关好，再收拾些银钱带在身边，然后立刻就来。（自上方下。）

葛莱西安诺 凭着我的头巾发誓，她真是个基督徒，不是个犹太人。

罗兰佐 我从心底里爱着她。要是我有判断的能力，那么她是聪明信；要是我的眼睛没有欺骗我，那么她是美貌的；她已经替自己证明她是忠诚的；像她这样又聪明、又美丽、又忠诚，怎么不叫我把她永远放在自己的灵魂里呢？

　　　　杰西卡上。

罗兰佐 啊，你来了吗？朋友们，走吧！我们的舞侣们现在一定在那儿等着我们了。（罗兰佐、杰西卡、萨拉里诺同下。）

　　　　安东尼奥上。

安东尼奥 那边是谁？

葛莱西安诺 安东尼奥先生！

安东尼奥 咦，葛莱西安诺！还有那些人呢？现在已经九点钟啦，我们的朋友们大家在那儿等着你们。今天晚上的假面跳舞会取消了；风势已转，巴萨尼奥就要立刻上船。我已经差了二十个人来找你们了。

葛莱西安诺 那好极了；我巴不得今天晚上就开船出发。（同下。）

威尼斯商人

第七场　贝尔蒙特。鲍西娅家中一室

喇叭奏花腔。鲍西娅及摩洛哥亲王各率侍从上。

鲍西娅　去把帐幕揭开，让这位尊贵的王子瞧瞧那几个匣子。现在请殿下自己选择吧。

摩洛哥亲王　第一只匣子是金的，上面刻着这几个字："谁选择了我，将要得到众人所希求的东西。"第二只匣子是银的，上面刻着这样的约许："谁选择了我，将要得到他所应得的东西。"第三只匣子是用沉重的铅打成的，上面刻着像铅一样冷酷的警告："谁选择了我，必须准备把他所有的一切作为牺牲。"我怎么可以知道我选得错不错呢？

鲍西娅　这三只匣子中间，有一只里面藏着我的小像；您要是选中了那一只，我就是属于您的了。

摩洛哥亲王　求神明指示我！让我看；我且先把匣子上面刻着的字句再推敲一遍。这一个铅匣子上面说些什么？"谁选择了我，必须准备把他所有的一切作为牺牲。"必须准备牺牲；为什么？为了铅吗？为了铅而牺牲一切吗？这匣子说的话儿倒有些吓人。人们为了希望得到重大的利益，才会不惜牺牲一切；一颗贵重的心，决不会屈躬俯就鄙贱的外表；我不愿为了铅的缘故而作任何的牺牲。那个色泽皎洁的银匣子上面说些什么？"谁选择了我，将要得到他所应得的东西。"得到他所应得的东西！且慢，摩洛哥，把你自己的价值作一下公正的估计吧。照你自己判断起来，你应该得到很高的评价，可是也许凭着你这几分长处，还不配娶到这样一位小姐；然而我要是疑心我自己不够资格，那未免太小看自己了。得到我所应得的东西！当然那就是指这位小姐而说的；讲到家世、财产、人品、教养，我在哪一点上配不上她？可是超乎这一切之上，凭着我这一片深情，也就应该配得上她了。那么我不必迟疑，就选了这一个匣子吧。让我再瞧瞧那金匣子上说些什么话："谁选择了我，将要得到众人所希求的东西。"啊，那正是这位小姐了；整个儿的世界都希求着她，他们从地球的四角迢迢而来，顶礼这位尘世的仙真：赫堪尼亚的沙漠和广大的阿拉伯的辽阔的荒野，现在已经成为各国王子们前来瞻仰美貌的鲍西娅的通衢大道；把唾沫吐在天庭面上的傲慢不逊的海洋，也不能阻止外邦的远客，他们越过汹涌的波涛，就像跨过一条小河一样，为了要看一看鲍西娅的绝世姿容。在这三只匣子中间，有一只里面藏着她的天仙似的小像。难道那铅匣子里会藏着她吗？想起这样一个卑劣的思想，就是一种亵渎；就算这是个黑暗的坟，里面放的是她的寿衣，也都嫌罪过。那么她是会藏在那价值只及纯金十分之一的银匣子里面吗？啊，罪恶的思想！这样一颗珍贵的珠宝，决不会装在比金子低贱的匣子里。英国有一种金子铸成的钱币，表面上刻着天使的形象；这儿的天使，拿金子做床，却躲在黑暗里。把钥匙交给我；我已经选定了，但愿我的希望能够实现！

鲍西娅　亲王，请您拿着这钥匙；要是这里边有我的小像，我就是您的了。（摩洛哥亲王开金匣。）

摩洛哥亲王　嗳哟，该死！这是什么？一个死人的骷髅，那空空的眼眶里藏着一张有字的纸卷。让我读一读上面写着什么。

威尼斯商人

发闪光的不全是黄金，

古人的说话没有骗人；

多少世人出卖了一生，

不过看到了我的外形，

蛆虫占据着镀金的坟。

你要是又大胆又聪明，

手脚壮健，见识却老成，

就不会得到这样回音：

再见，劝你冷却这片心。

冷却这片心；真的是枉费辛劳！

永别了，热情！欢迎，凛冽的寒飙！

再见，鲍西娅；悲伤塞满了心胸，

莫怪我这败军之将去得匆匆。（率侍从下；喇叭奏花腔。）

鲍西娅　他去得倒还知趣。把帐幕拉下。但愿像他一样肤色的人，都像他一样选不中。（同下。）

第八场　威尼斯。街道

萨拉里诺及萨莱尼奥上。

萨拉里诺　啊，朋友，我看见巴萨尼奥开船，葛莱西安诺也跟他回船去；我相信罗兰佐一定不在他们船里。

萨莱尼奥　那个恶犹太人大呼小叫地吵到公爵那儿去，公爵已经跟着他去搜巴萨尼奥的船了。

萨拉里诺　他去迟了一步，船已经开出。可是有人告诉公爵，说他们曾经看见罗兰佐跟他的多情的杰西卡在一艘平底船里；而且安东尼奥也向公爵证明他们并不在巴萨尼奥的船上。

萨莱尼奥 那犹太狗像发疯似的，样子都变了，在街上一路乱叫乱跳乱喊，"我的女儿！啊，我的银钱！啊，我的女儿！跟一个基督徒逃走啦！啊，我的基督徒的银钱！公道啊！法律啊！我的银钱，我的女儿！一袋封好的、两袋封好的银钱，给我的女儿偷去了！还有珠宝！两颗宝石，两颗珍贵的宝石，都给我的女儿偷去了！公道啊！把那女孩子找出来！她身边带着宝石，还有银钱。"

萨拉里诺 威尼斯城里所有的小孩子们，都跟在他背后，喊着：他的宝石呀，他的女儿呀，他的银钱呀。

萨莱尼奥 安东尼奥应该留心那笔债款不要误了期，否则他要在他身上报复的。

萨拉里诺 对了，你想起得不错。昨天我跟一个法国人谈天，他对我说起，在英、法二国之间的狭隘的海面上，有一艘从咱们国里开出去的满载着货物的船只出事了。我一听见这句话，就想起安东尼奥，但愿那艘船不是他的才好。

萨莱尼奥 你最好把你听见的消息告诉安东尼奥；可是你要轻描淡写地说，免得害他着急。

萨拉里诺 世上没有一个比他更仁厚的君子。我看见巴萨尼奥跟安东尼奥分别，巴萨尼奥对他说他一定尽早回来，他就回答说，"不必，巴萨尼奥，不要为了我的缘故而误了你的正事，你等到一切事情圆满完成以后再回来吧；至于我在那犹太人那里签下的约，你不必放在心上，你只管高高兴

威尼斯商人

兴，一心一意地进行着你的好事，施展你的全副精神，去博得美人的欢心吧。"说到这里，他的眼睛里已经噙着一包眼泪，他就回转身去，把他的手伸到背后，亲亲热热地握着巴萨尼奥的手；他们就这样分别了。

萨莱尼奥 我看他只是为了他的缘故才爱这世界的。咱们现在就去找他，想些开心的事儿替他解解愁闷，你看好不好？

萨拉里诺 很好很好。（同下。）

第九场　贝尔蒙特。鲍西娅家中一室

尼莉莎及一仆人上。

尼莉莎 赶快，赶快，扯开那帐幕；阿拉贡亲王已经宣过誓，就要来选匣子啦。

喇叭奏花腔。阿拉贡亲王及鲍西娅各率侍从上。

鲍西娅 瞧，尊贵的王子，那三个匣子就在这儿；您要是选中了有我的小像藏在里头的那一只，我们就可以立刻举行婚礼；可是您要是失败了的话，那么殿下，不必多言，您必须立刻离开这儿。

阿拉贡亲王 我已经宣誓遵守三项条件：第一，不得告诉任何人我所选的是哪一只匣子；第二，要是我选错了匣子，终身不得再向任何女子求婚；第三，要是我选不中，必须立刻离开此地。

鲍西娅 为了我这微贱的身子来此冒险的人，没有一个不曾立誓遵守这几个条件。

阿拉贡亲王　我已经有所准备了。但愿命运满足我的心愿！一只是金的，一只是银的，还有一只是下贱的铅的。"谁选择了我，必须准备把他所有的一切作为牺牲。"你要我为你牺牲，应该再好看一点才是。那个金匣子上面说的什么？哈！让我来看吧："谁选择了我，将要得到众人所希求的东西。"众人所希求的东西！那"众人"也许是指那无知的群众，他们只知道凭着外表取人，信赖着一双愚妄的眼睛，不知道窥察到内心，就像燕子把巢筑在风吹雨淋的屋外的墙壁上，自以为可保万全，不想到灾祸就会接踵而至。我不愿选择众人所希求的东西，因为我不愿随波逐流，与庸俗的群众为伍。那么还是让我瞧瞧你吧，你这白银的宝库；待我再看一遍刻在你上面的字句："谁选择了我，将要得到他所应得的东西。"说得好，一个人要是自己没有几分长处，怎么可以妄图非份？尊荣显贵，原来不是无德之人所可以僭窃的。唉！要是世间的爵禄官职，都能够因功授赏，不借钻营，那么多少脱帽侍立的人将会高冠盛服，多少发号施令的人将会唯唯听命，多少卑劣鄙贱的渣滓可以从高贵的种子中间筛分出来，多少隐痡不彰的贤才异能，可以从世俗的糠粃中间剔选出来，大放它们的光泽！闲话少说，还是让我考虑考虑怎样选择吧。"谁选择了我，将要得到他所应得的东西。"那么我就要取我份所应得的东西了。把这匣子上的钥匙给我，让我立刻打开藏在这里面的我的命运。（开银匣。）

鲍西娅　您在这里面瞧见些什么？怎么呆住了一声也不响？

阿拉贡亲王　这是什么？一个眯着眼睛的傻瓜的画像，上面还写着字句！让我读一下看。唉！你跟鲍西娅相去得多么远！你跟我的希望，跟我所应得的东西又相去得多么远！"谁选择了我，将要得到他所应得的东西。"难道我只应该得到一副傻瓜的嘴脸吗？那便是我的奖品吗？我不该得到好一点的东西吗？

鲍西娅　毁谤和评判，是两件作用不同、性质相反的事。

阿拉贡亲王　这儿写着什么？

　　　　这银子在火里烧过七遍；

　　　　那永远不会错误的判断，

　　　　也必须经过七次的试炼。

　　　　有的人终身向幻影追逐，

　　　　只好在幻影里寻求满足。

　　　　我知道世上尽有些呆鸟，

　　　　空有着一个镀银的外表；

　　　　随你娶一个怎样的妻房，

　　　　摆脱不了这傻瓜的皮囊；

　　　　去吧，先生，莫再耽搁时光！

　　　　我要是再留在这儿发呆，

　　　　愈显得是个十足的蠢才；

　　　　顶一颗傻脑袋来此求婚，

　　　　带两个蠢头颅回转家门。

　　　　别了，美人，我愿遵守誓言，

　　　　默忍着心头愤怒的熬煎。（阿拉贝亲王率侍从下。）

鲍西娅　正像飞蛾在烛火里伤身，

　　　　这些傻瓜们自恃着聪明，

免不了被聪明误了前程。

尼莉莎　古话说得好，上吊娶媳妇，

都是一个人注定的天数。

鲍西娅　来，尼莉莎，把帐幕拉下了。

一仆人上。

仆人　小姐呢？

鲍西娅　在这儿；尊驾有什么见教？

仆人　小姐，门口有一个年轻的威尼斯人，说是来通知一声，他
的主人就要来啦；他说他的主人叫他先来向小姐致意，除
了一大堆恭维的客套以外，还带来了几件很贵重的礼物。
小的从来没有见过这么一位体面的爱神的使者；预报繁茂
的夏季快要来临的四月的天气，也不及这个为主人先驱的
俊仆温雅。

鲍西娅　请你别说下去了吧；你把他称赞得这样天花乱坠，我怕
你就要说他是你的亲戚了。来，来，尼莉莎，我倒很想瞧
瞧这一位爱神差来的体面的使者。

尼莉莎　爱神啊，但愿来的是巴萨尼奥！（同下。）

第三幕

第一场　威尼斯。街道

萨莱尼奥及萨拉里诺上。

萨莱尼奥　交易所里有什么消息？

萨拉里诺　他们都在那里说安东尼奥有一艘满装着货物的船在海峡里倾覆了；那地方的名字好像是古德温，是一处很危险的沙滩，听说有许多大船的残骸埋葬在那里，要是那些传闻之辞是确实可靠的话。

萨莱尼奥　我但愿那些谣言就像那些吃饱了饭没事做、嚼嚼生姜或者一把鼻涕一把眼泪地假装为了她第三个丈夫死去而痛哭的那些婆子们所说的鬼话一样靠不住。可是那的确是事实——不说啰哩啰苏的废话，也不说枝枝节节的闲话——这位善良的安东尼奥，正直的安东尼奥——啊，我希望我有一个可以充分形容他的好处的字眼！——

萨拉里诺 好了好了，别说下去了吧。

萨莱尼奥 嘿！你说什么！总归一句话，他损失了一艘船。

萨拉里诺 但愿这是他最末一次的损失。

萨莱尼奥 让我赶快喊"阿门"，免得给魔鬼打断了我的祷告，因为他已经扮成一个犹太人的样子来啦。

      夏洛克上。

萨莱尼奥 啊，夏洛克！商人中间有什么消息？

夏洛克 有什么消息！我的女儿逃走啦，这件事情是你比谁都格外知道得详细的。

萨拉里诺 那当然啦，就是我也知道她飞走的那对翅膀是哪一个裁缝替她做的。

萨莱尼奥 夏洛克自己也何尝不知道，她羽毛已长，当然要离开娘家啦。

夏洛克 她干出这种不要脸的事来，死了一定要下地狱。

萨拉里诺 倘然魔鬼做她的判官，那是当然的事情。

夏洛克 我自己的血肉跟我过不去！

萨莱尼奥 说什么，老东西，活到这么大年纪，还跟你自己过不去？

夏洛克 我是说我的女儿是我自己的血肉。

萨拉里诺 你的肉跟她的肉比起来，比黑炭和象牙还差得远；你的血跟她的血比起来，比红葡萄酒和白葡萄酒还差得远。可是告诉我们，你听没听见人家说起安东尼奥在海上遭到了损失？

夏洛克 说起他，又是我的一桩倒霉事情。这个败家精，这个破

威尼斯商人

落户，他不敢在交易所里露一露脸；他平常到市场上来，穿着得多么齐整，现在可变成一个叫化子啦。让他留心他的借约吧；他老是骂我盘剥取利；让他留心他的借约吧；他是本着基督徒的精神，放债从来不取利息的；让他留心他的借约吧。

萨拉里诺 我相信要是他不能按约偿还借款，你一定不会要他的肉的；那有什么用处呢？

夏洛克 拿来钓鱼也好；即使他的肉不中吃，至少也可以出出我这一口气。他曾经羞辱过我，夺去我几十万块钱的生意，讥笑着我的亏蚀，挖苦着我的盈余，侮蔑我的民族，破坏我的买卖，离间我的朋友，煽动我的仇敌；他的理由是什么？只因为我是一个犹太人。难道犹太人没有眼睛吗？难道犹太人没有五官四肢、没有知觉、没有感情、没有血气吗？他不是吃着同样的食物，同样的武器可以伤害他，同样的医药可以疗治他，冬天同样会冷，夏天同样会热，就像一个基督徒一样吗？你们要是用刀剑刺我们，我们不是也会出血的吗？你们要是搔我们的痒，我们不是也会笑起来的吗？你们要是用毒药谋害我们，我们不是也会死的吗？那么要是你们欺侮了我们，我们难道不会复仇吗？要是在别的地方我们都跟你们一样，那么在这一点上也是彼此相同的。要是一个犹太人欺侮了一个基督徒，那基督徒怎样表现他的谦逊？报仇。要是一个基督徒欺侮了一个犹太人，那么照着基督徒的榜样，那犹太人应该怎样表现他的宽容？报仇。你们已经把残虐的手段教给我，我一定会照着你们的教训实行，而且还要加倍奉敬哩。

仆人 两位先生，我家主人安东尼奥在家里要请两位过去谈谈。

萨拉里诺 我们正在到处找他呢。

杜伯尔上。

萨莱尼奥 又是一个他的族中人来啦；世上再也找不到第三个像他们这样的人，除非魔鬼自己也变成了犹太人。（萨莱尼奥、萨拉里诺及仆人下。）

夏洛克 啊，杜伯尔！热那亚有什么消息？你有没有找到我的女儿？

杜伯尔 我所到的地方，往往听见人家说起她，可是总找不到她。

夏洛克 哎呀，糟糕！糟糕！糟糕！我在法兰克府出两千块钱买来的那颗金刚钻也丢啦！咒诅到现在才降落到咱们民族头上；我到现在才觉得它的厉害。那一颗金刚钻就是两千块钱，还有别的贵重的贵重的珠宝。我希望我的女儿死在我的脚下，那些珠宝都挂在她的耳朵上；我希望她就在我的脚下入土安葬，那些银钱都放在她的棺材里！不知道他们的下落吗？哼，我不知道为了寻访他们，又花去了多少钱。你这你这——损失上再加损失！贼子偷了这么多走了，还要花这么多去寻访贼子，结果仍旧是一无所得，出不了这一口怨气。只有我一个人倒霉，只有我一个人叹气，只有我一个人流眼泪！

杜伯尔 倒霉的不单是你一个人。我在热那亚听人家说，安东尼奥——

夏洛克 什么？什么？什么？他也倒了霉吗？他也倒了霉吗？

杜伯尔 ——有一艘从特里坡利斯来的大船，在途中触礁。

夏洛克　谢谢上帝！谢谢上帝！是真的吗？是真的吗？

杜伯尔　我曾经跟几个从那船上出险的水手谈过话。

夏洛克　谢谢你，好杜伯尔。好消息，好消息！哈哈！什么地方？在热那亚吗？

杜伯尔　听说你的女儿在热那亚一个晚上花去八十块钱。

夏洛克　你把一把刀戳进我心里！我再也瞧不见我的银子啦！一下子就是八十块钱！八十块钱！

杜伯尔　有几个安东尼奥的债主跟我同路到威尼斯来，他们肯定地说他这次一定要破产。

夏洛克　我很高兴。我要摆布摆布他；我要叫他知道些厉害。我很高兴。

杜伯尔　有一个人给我看一个指环，说是你女儿拿它向他买了一头猴子。

夏洛克　该死该死！杜伯尔，你提起这件事，真叫我心里难过；那是我的绿玉指环，是我的妻子莉娅在我们没有结婚的时候送给我的；即使人家把一大群猴子来向我交换，我也不愿把它给人。

杜伯尔　可是安东尼奥这次一定完了。

夏洛克　对了，这是真的，一点不错。去，杜伯尔，现在离开借约满期还有半个月，你先给我到衙门里走动走动，花费几个钱。要是他愆了约，我要挖出他的心来；只要威尼斯没有他，生意买卖全凭我一句话了。去，去，杜伯尔，咱们在会堂里见面。好杜伯尔，去吧；会堂里再见，杜伯尔。

（各下。）

第二场　贝尔蒙特。鲍西娅家中一室

　　　　　巴萨尼奥，鲍西娅，葛莱西安诺、尼莉莎及侍从等上。

鲍西娅　请您不要太急，停一两天再赌运气吧；因为要是您选得不对，咱们就不能再在一块儿，所以请您暂时缓一下吧。我心里仿佛有一种什么感觉——可是那不是爱情——告诉我我不愿失去您；您一定也知道，嫌憎是不会向人说这种话的。一个女孩儿家本来不该信口说话，可是唯恐您不能懂得我的意思，我真想留您在这儿住上一两个月，然后再让您为我冒险一试。我可以教您怎样选才不会有错；可是这样我就要违犯了誓言，那是断断不可的；然而那样您也许会选错；要是您选错了，您一定会使我起了一个有罪的愿望，懊悔我不该为了不敢背誓而忍心让您失望。顶可恼的是您这一双眼睛，它们已经瞧透了我的心，把我分成两半：半个我是您的，还有那半个我也是您的——不，我的意思是说那半个我是我的，可是既然是我的，也就是您的，所以整个儿的我都是您的。唉！都是这些无聊的世俗礼法，使人们不能享受他们合法的权利；所以我虽然是您的，却又不是您的。要是结果真是这样，造孽的是那命运，不是我。我说得太噜苏了。可是我的目的是要尽量拖延时间，不放您马上就去选择。

巴萨尼奥　让我选吧；我现在这样提心吊胆，才像给人拷问一样受罪呢。

鲍西娅　给人拷问，巴萨尼奥！那么您给我招认出来，在您的爱

威尼斯商人

情之中，隐藏着什么奸谋？

巴萨尼奥　没有什么奸谋，我只是有点怀疑忧惧，但恐我的痴心化为徒劳；奸谋跟我的爱情正像冰炭一样，是无法相容的。

鲍西娅　嗯，可是我怕你是因为受不住拷问的痛苦，才说这样的话。一个人给绑上了刑床，还不是要他怎样讲就怎样讲？

巴萨尼奥　您要是答应赦我一死，我愿意招认真情。

鲍西娅　好，赦您一死，您招认吧。

巴萨尼奥　"爱"便是我所能招认的一切。多谢我的刑官，您教给我怎样免罪的答话了！可是让我去瞧瞧那几个匣子，试试我的运气吧。

鲍西娅　那么去吧！在那三个匣子中间，有一个里面锁着我的小像；您要是真的爱我，您会把我找出来的。尼莉莎，你跟其余的人都站开些。在他选择的时候，把音乐奏起来，要是他失败了，好让他像天鹅一样在音乐声中死去；把这譬喻说得更确当一些，我的眼睛就是他葬身的清流。也许他会胜利的；那么那音乐又像什么呢？那时候音乐就像忠心的臣子俯伏迎迓新加冕的君王的时候所吹奏的号角，又像是黎明时分送进正在做着好梦的新郎的耳中，催他起来举行婚礼的甜柔的琴韵。现在他去了，他的沉毅的姿态，就像年轻的赫剌克勒斯奋身前去，在特洛亚人的呼叫声中，把他们祭献给海怪的处女拯救出来一样①，可是他心里却藏着更多的爱情，我站在这儿做牺牲，她们站在旁边，就

---

①希腊神话：特洛亚王答应向海怪献祭他的女儿赫西俄涅，最后希腊英雄赫剌克勒斯斩杀海怪，救出赫西俄涅。

像泪眼模糊的特洛亚妇女们，出来看这场争斗的结果。去吧，赫剌克勒斯！我的生命悬在你手里，但愿你安然生还；我这观战的人心中比你上场作战的人还要惊恐万倍！

巴萨尼奥独白时，乐队奏乐唱歌。

歌

告诉我爱情生长在何方？

还是在脑海？还是在心房？

它怎样发生？它怎样成长？

回答我，回答我。

爱情的火在眼睛里点亮，

凝视是爱情生活的滋养，

它的摇篮便是它的坟堂。

让我们把爱的丧钟鸣响，

丁当！丁当！

丁当！丁当！（众和）

巴萨尼奥　外观往往和事物的本身完全不符，世人却容易为表面的装饰所欺骗。在法律上，哪一件卑鄙邪恶的陈诉不可以用娓娓动听的言词掩饰它的罪状？在宗教上，哪一桩罪大罪极的过失不可以引经据典，文过饰非，证明它的确上合天心？任何彰明昭著的罪恶，都可以在外表上装出一副道貌岸然的样子。多少没有胆量的懦夫，他们的心其实软弱得就像下不去脚的流沙，他们的肝如果剖出来看一看，大概比乳汁还要白，可是他们的颊上却长着天神一样威武的髯髯，人家只看着他们的外表，也就居然把他们当作英雄一样看待！再看那些世间所谓美貌吧，那是完全靠着脂粉

装点出来的，愈是轻浮的女人，所涂的脂粉也愈重；至于
那些随风飘扬像蛇一样的金丝鬈发，看上去果然漂亮，不
知道却是从坟墓中死人的骷髅上借来的①。所以装饰不过
是一道把船只诱进凶涛险浪的怒海中去的陷人的海岸，又
像是遮掩着一个黑丑蛮女的一道美丽的面幕；总而言之，
它是狡诈的世人用来欺诱智士的似是而非的真理。所以，
你炫目的黄金，米达斯王的坚硬的食物②，我不要你；你
惨白的银子，在人们手里来来去去的下贱的奴才，我也不
要你；可是你，寒伧的铅，你的形状只能使人退走，一点
没有吸引人的力量，然而你的质朴却比巧妙的言辞更能打
动我的心，我就选了你吧，但愿结果美满！

鲍西娅 （旁白）一切纷杂的思绪；多心的疑虑、卤莽的绝望、战
栗的恐惧、酸性的猜嫉，多么快地烟消云散了！爱情啊！
把你的狂喜节制一下，不要让你的欢乐溢出界限，让你的
情绪越过分寸；你使我感觉到太多的幸福，请你把它减轻
几分吧，我怕我快要给快乐窒息而死了！

巴萨尼奥 这里面是什么？（开铅匣）美丽的鲍西娅的副本！这
是谁的神化之笔，描画出这样一位绝世的美人？这双眼睛
是在转动吗？还是因为我的眼球在转动，所以仿佛它们也
在随着转动？她的微启的双唇，是因为她嘴里吐出来的甘
美芳香的气息而分裂的；唯有这样甘美的气息才能分开这

---

①伊丽莎白时代妇女，有戴金色假发的风气。

②米达斯（Midas），弗里吉亚（Phrygia）王，祷神求点金术，神允之，
触指成金，食物亦成金。

样甜蜜的朋友。画师在描画她的头发的时候，一定曾经化身为蜘蛛，织下了这么一个金丝的发网，来诱捉男子们的心；哪一个男子见了它，不会比飞蛾投入蛛网还快地陷下网罗呢？可是她的眼睛！他怎么能够睁着眼睛把它们画出来呢？他在画了一只眼睛以后，我想它的逼人的光芒一定会使他自己目眩神夺，再也描画不成其余的一只。可是瞧，我用尽一切赞美的字句，还不能充分形容出这一个画中幻影的美妙；然而这幻影跟它的实体比较起来，又是多么望尘莫及！这儿是一纸手卷，宣判着我的命运。

你选择不凭着外表，
果然给你直中鹄心！
胜利既已入你怀抱，
你莫再往别处追寻。
这结果倘使你满意，
就请接受你的幸运，
赶快回转你的身体，
给你的爱深深一吻。

温柔的纶音！美人，请恕我大胆，（吻鲍西娅）
我奉命来把彼此的深情交换。
像一个夺标的健儿驰骋身手，
耳旁只听见沸腾的人声如吼，
虽然明知道胜利已在他手掌，
却不敢相信人们在向他赞赏。
绝世的美人，我现在神眩目晕，
仿佛闯进了一场离奇的梦境；

威尼斯商人

除非你亲口证明这一切是真，

我再也不相信我自己的眼睛。

鲍西娅　巴萨尼奥公子，您瞧我站在这儿，不过是这样的一个人。虽然为了我自己的缘故，我不愿妄想自己比现在的我更好一点；可是为了您的缘故，我希望我能够六十倍胜过我的本身，再加上一千倍的美丽，一万倍的富有；我但愿我有无比的贤德、美貌、财产和亲友，好让我在您的心目中占据一个很高的位置。可是我这一身却是一无所有，我只是一个不学无术、没有教养、缺少见识的女子；幸亏她的年纪还不是顶大，来得及发愤学习；她的天资也不是顶笨，可以加以教导；尤其大幸的，她有一颗柔顺的心灵，愿意把它奉献给您，听从您的指导，把您当作她的主人、她的统治者和她的君王。我自己以及我所有的一切，现在都变成您的所有了；刚才我还拥有着这一座华丽的大厦，我的仆人都听从着我的指挥，我是支配我自己的女王，可是就在现在，这屋子、这些仆人和这一个我，都是属于您的了，我的夫君。凭着这一个指环，我把这一切完全呈献给您；要是您让这指环离开您的身边，或者把它丢了，或者把它送给别人，那就预示着您的爱情的毁灭，我可以因此责怪您的。

巴萨尼奥　小姐，您使我说不出一句话来，只有我的热血在我的血管里跳动着向您陈诉。我的精神是在一种恍惚的状态中，正像喜悦的群众在听到他们所爱戴的君王的一篇美妙的演辞以后那种心灵眩惑的神情，除了口头的赞叹和内心的欢乐以外，一切的一切都混和起来，化成白茫茫的一片模糊。

要是这指环有一天离开这手指，那么我的生命也一定已经终结；那时候您可以放胆地说，巴萨尼奥已经死了。

尼莉莎　姑爷，小姐。我们站在旁边，眼看我们的愿望成为事实，现在该让我们来道喜了。恭喜姑爷！恭喜小姐！

葛莱西安诺　巴萨尼奥大爷和我的温柔的夫人，愿你们享受一切的快乐！因为我敢说，你们享尽一切快乐，也剥夺不了我的快乐。我有一个请求，要是你们决定在什么时候举行嘉礼，我也想跟你们一起结婚。

巴萨尼奥　很好，只要你能够找到一个妻子。

葛莱西安诺　谢谢大爷，您已经替我找到一个了。不瞒大爷说，我这一双眼睛瞧起人来，并不比您大爷慢；您瞧见了小姐，我也看中了使女；您发生了爱情，我也发生了爱情。大爷，我的手脚并不比您慢啊。您的命运靠那几个匣子决定，我也是一样；因为我在这儿千求万告，身上的汗出了一身又是一身，指天誓日地说到唇干舌燥，才算得到这位好姑娘的一句回音，答应我要是您能够得到她的小姐，我也可以得到她的爱情。

鲍西娅　这是真的吗，尼莉莎？

尼莉莎　是真的，小姐，要是您赞成的话。

巴萨尼奥　葛莱西安诺，你也是出于真心吗？

葛莱西安诺　是的，大爷。

巴萨尼奥　我们的喜宴有你们的婚礼添兴，那真是喜上加喜了。

葛莱西安诺　我们要跟他们打赌一千块钱，看谁先养儿子。

尼莉莎　什么，还要赌一笔钱？

葛莱西安诺　不，我们怕是赢不了的，还是不下赌注了吧。可是谁来啦？罗兰佐和他的异教徒吗？什么！还有我那威尼斯老朋友萨莱尼奥？

罗兰佐、杰西卡及萨莱尼奥上。

巴萨尼奥 罗兰佐、萨莱尼奥，虽然我也是初履此地，让我僭用着这里主人的名义，欢迎你们的到来。亲爱的鲍西娅，请您允许我接待我这几个同乡朋友。

鲍西娅 我也是竭诚欢迎他们。

罗兰佐 谢谢。巴萨尼奥大爷，我本来并没有想到要到这儿来看您，因为在路上碰见萨莱尼奥，给他不由分说地硬拉着一块儿来啦。

萨莱尼奥 是我拉他来，大爷，我是有理由的。安东尼奥先生叫我替他向您致意。（给巴萨尼奥一信。）

巴萨尼奥 在我没有拆开这信以前，请你告诉我我的好朋友近来好吗？

萨莱尼奥 他没有病，除非有点儿心病；也并不轻松，除非打开了心结。您看了他的信，就可以知道他的近况。

葛莱西安诺 尼莉莎，招待招待那位客人。把你的手给我，萨莱尼奥。威尼斯有些什么消息？那位善良的商人安东尼奥怎样？我知道他听见了我们的成功，一定会十分高兴；我们是两个伊阿宋，把金羊毛取了来啦。

萨莱尼奥 我希望你们能够把他失去的金羊毛取了回来，那就好了。

鲍西娅 那信里一定有些什么坏消息，巴萨尼奥的脸色都变白了；多半是一个什么好朋友死了，否则不会有别的事情会把一个堂堂男子激动到这个样子的。怎么，越来越糟了！

恕我冒渎，巴萨尼奥，我是您自身的一半，这封信所带给您的任何不幸的消息，也必须让我分一半去。

巴萨尼奥　啊，亲爱的鲍西娅！这信里所写的，是自有纸墨以来最悲惨的字句。好小姐，当我初次向您倾吐我的爱慕之忱的时候，我坦白地告诉您，我的高贵的家世是我仅有的财产，那时我并没有向您说谎；可是，亲爱的小姐，单单把我说成一个两袖清风的寒士，还未免夸张过分，因为我不但一无所有，而且还负着一身债务；不但欠了我的一个好朋友许多钱，还累他为了我的缘故，欠了他仇家的钱。这一封信，小姐，那信纸就像是我朋友的身体，上面的每一个字，都是一处血淋淋的创伤。可是，萨莱尼奥，那是真的吗？难道他的船舶都一起遭难了？竟没有一艘平安到港吗？从特里坡利斯、墨西哥、英国、里斯本、巴巴里和印度来的船只，没有一艘能够逃过那些毁害商船的礁石的可怕的撞击吗？

萨莱尼奥　一艘也没有逃过。而且即使他现在有钱还那犹太人，那犹太人也不肯收他。我从来没有见过这种家伙，样子像人，却一心一意只想残害他的同类；他不分昼夜地向公爵絮叨，说是他们倘不给他主持公道，那么威尼斯根本不成其为自由邦。二十个商人、公爵自己，还有那些最有名望的士绅，都曾劝过他。可是谁也不能叫他回心转意，放弃他狠毒的控诉；他一口咬定，要求按照约文的规定，处罚安东尼奥违约。

杰西卡　我在家里的时候，曾经听见他向杜伯尔和丘斯，他的两个同族的人谈起，说他宁可取安东尼奥身上的肉，不愿收受比他的欠款多二十倍的钱。要是法律和威权不能阻止他，那么可怜的安东尼奥恐怕难逃一死了。

鲍西娅 遭到这样危难的人，是不是您的好朋友？

巴萨尼奥 我的最亲密的朋友，一个心肠最仁慈的人，热心为善，多情尚义，在他身上存留着比任何意大利人更多的古代罗马的侠义精神。

鲍西娅 他欠那犹太人多少钱？

巴萨尼奥 他为了我的缘故，向他借了三千块钱。

鲍西娅 什么，只有这一点数目吗？还他六千块钱，把那借约毁了；两倍六千块钱，或者照这数目再倍三倍都可以，可是万万不能因为巴萨尼奥的过失，害这样一位好朋友损伤一根毛发。先和我到教堂里去结为夫妇，然后你就到威尼斯去看你的朋友；鲍西娅决不让你抱着一颗不安宁的良心睡在她的身旁。你可以带偿还这笔小小借款的二十倍那么多的钱去；债务清了以后，就带你的忠心的朋友到这儿来。我的侍女尼莉莎陪着我在家里，仍旧像未嫁的时候一样，守候着你们的归来。来，今天就是你结婚的日子，大家快快乐乐，好好招待你的朋友们。你既然是用这么大的代价买来的，我一定格外爱你。可是让我听听你朋友的信。

巴萨尼奥 "巴萨尼奥挚友如握：弟船只悉数遇难，债主煎迫，家业荡然。犹太人之约，业已愆期；履行罚则，殆无生望。足下前此欠弟债项，一切勾销，惟盼及弟未死之前，来相临视。或足下燕婉情浓，不忍遽别，则亦不复相强，此信置之可也。"

鲍西娅 啊，亲爱的，快把一切事情办好，立刻就去吧！

巴萨尼奥　既然蒙您允许，我就赶快收拾动身；可是——此去经宵应少睡，长留魂魄系相思。（同下。）

第三场　威尼斯。街道

夏洛克、萨拉里诺、安东尼奥及狱吏上。

夏洛克　狱官，留心看住他；不要对我讲什么慈悲。这就是那个放债不取利息的傻瓜。狱官，留心看住他。

安东尼奥　再听我说句话，好夏洛克。

夏洛克　我一定要照约实行；你倘然想推翻这一张契约，那还是请你免开尊口的好。我已经发过誓，非得照约实行不可。你曾经无缘无故骂我狗，既然我是狗，那么你可留心着我的狗牙齿吧。公爵一定会给我主持公道的。你这糊涂的狱官，我真不懂你老是会答应他的请求，陪着他到外边来。

安东尼奥　请你听我说。

夏洛克　我一定要照约实行，不要听你讲什么鬼话；我一定要照约实行，所以请你闭嘴吧。我不像那些软心肠流眼泪的傻瓜们一样，听了基督徒的几句劝告，就会摇头叹气，懊悔屈服。别跟着我，我不要听你说话，我要照约实行。（下。）

萨拉里诺　这是人世间一头最顽固的恶狗。

安东尼奥　别理他；我也不愿再费无益的唇舌向他哀求了。他要的是我的命，我也知道他的原因。有好多次，人家落在他手里，还不出钱来，弄得走投无路，跑来向我呼吁，是我帮助他们解除他的压迫，所以他才恨我。

萨拉里诺 我相信公爵一定不会允许他执行这一种处罚。

安东尼奥 公爵不能变更法律的规定，因为威尼斯的繁荣，完全倚赖着各国人民的来往通商，要是剥夺了异邦人应享的权利，一定会使人对威尼斯的法治精神发生重大的怀疑。去吧，这些不如意的事情，已经把我搅得心力交瘁，我怕到明天身上也许剩不满一磅肉来，偿还我这位不怕血腥气的债主了。狱官，走吧。求上帝，让巴萨尼奥来亲眼看见我替他还债，我就死而无怨了！（同下。）

第四场　贝尔蒙特。鲍西娅家中一室

鲍西娅、尼莉莎、罗兰佐、杰西卡及鲍尔萨泽上。

罗兰佐 夫人，不是我当面恭维您，您的确有一颗高贵真诚、不同凡俗的仁爱的心；尤其像这次敦促尊夫就道，宁愿割舍儿女的私情，这一种精神毅力，真令人万分钦佩。可是您倘使知道受到您这种好意的是个什么人，您所救援的是怎样一个正直的君子，他对于尊夫的交情又是怎样深挚，我相信您一定会格外因为做了这一件好事而自傲，一件寻常的善举可不能让您得到那么大的快乐。

鲍西娅 我做了好事从来不后悔，现在也当然不会。因为凡是常在一块儿谈心游戏的朋友，彼此之间都有一重相互的友爱，他们在容貌上、风度上、习性上，也必定相去不远；所以在我想来，这位安东尼奥既然是我丈夫的心腹好友，他的为人一定很像我的丈夫。要是我的猜想果然不错，那么我把一个跟我的灵魂相仿的人从残暴的迫害下救赎出来，花了这一点儿代价，算得什么！可是这样的话，太近于自吹自擂了，所以别说了吧，还是谈些其他的事情。罗兰佐，在我的丈夫没有回来以前，我要劳驾您替我照管家里；我自己已经向天许下密誓，要在祈祷和默念中过着生活，只让尼莉莎一个人陪着我，直到我们两人的丈夫回来。在两哩路之外有一所修道院，我们就预备住在那儿。我向您提出这一个请求，不只是为了个人的私情，还有其他事实上的必要，请您不要拒绝我。

罗兰佐 夫人，您有什么吩咐，我无不乐于遵命。

鲍西娅 我的仆人们都已知道我的决心，他们会把您和杰西卡当作巴萨尼奥和我自己一样看待。后会有期，再见了。

罗兰佐 但愿美妙的思想和安乐的时光追随在您的身旁！

杰西卡 愿夫人一切如意！

鲍西娅 谢谢你们的好意，我也愿意用同样的愿望祝福你们。再见，杰西卡。（杰西卡、罗兰佐下）鲍尔萨泽，我一向知道你诚实可靠，希望你永远做一个诚实可靠的人。这一封信你给我火速送到帕度亚，交给我的表兄培拉里奥博士亲手收拆；要是他有什么回信和衣服交给你，你就赶快带着它们到码头上，乘公共渡船到威尼斯去。不要多说话，去吧；我会在威尼斯等你。

鲍尔萨泽 小姐，我尽快去就是了。（下。）

鲍西娅 来，尼莉莎，我现在还要干一些你没有知道的事情；我们要在我们的丈夫还没有想到我们之前去跟他们相会。

尼莉莎 我们要让他们看见我们吗？

威尼斯商人

鲍西娅 他们将会看见我们，尼莉莎，可是我们要打扮得叫他们认不出我们的本来面目。我可以拿无论什么东西跟你打赌，要是我们都扮成了少年男子，我一定比你漂亮点儿，带起刀子来也比你格外神气点儿；我会沙着喉咙讲话，就像一个正在发育的男孩子一样；我会把两个姗姗细步并成一个男人家的阔步；我会学着那些爱吹牛的哥儿们的样子，谈论一些击剑比武的玩意儿，再随口编造些巧妙的谎话，什么谁家的千金小姐爱上了我啦，我不接受她的好意，她害起病来死啦，我怎么心中不忍，后悔不该害了人家的性命啦，以及二十个诸如此类的无关紧要的谎话，人家听见了，一定以为我走出学校的门还不满一年。这些爱吹牛的娃娃们的鬼花样儿我有一千种在脑袋里，都可以搬出来应用。

尼莉莎 怎么，我们要扮成男人吗？

鲍西娅 为什么不？来，车子在林苑门口等着我们；我们上了车，我可以把我的整个计划一路告诉你。快去吧，今天我们要赶二十哩路呢。（同下。）

第五场　同前。花园

朗斯洛特及杰西卡上。

朗斯洛特 真的，不骗您，父亲的罪恶是要子女承当的，所以我倒真的在替您捏着一把汗呢。我一向喜欢对您说老实话，所以现在我也老老实实把我心里所担忧的事情告诉您；您放心吧，我想您总免不了下地狱。只有一个希望也许可以帮帮您的忙，可是那也是个不大高妙的希望。

杰西卡　请问你，是什么希望呢？

朗斯洛特　嗯，您可以存着一半儿的希望，希望您不是您的父亲
　　　　所生，不是这个犹太人的女儿。

杰西卡　这个希望可真的太不高妙啦；这样说来，我的母亲的罪
　　　　恶又要降到我的身上来了。

朗斯洛特　那倒也是真的，您不是为您的父亲下地狱，就是为您
　　　　的母亲下地狱；逃过了凶恶的礁石，逃不过危险的漩涡。
　　　　好，您下地狱是下定了。

杰西卡　我可以靠着我的丈夫得救；他已经使我变成一个基督
　　　　徒了。

朗斯洛特　这就是他大大的不该。咱们本来已经有很多的基督徒，
　　　　简直快要挤都挤不下啦；要是再这样把基督徒一批一批制
　　　　造出来，猪肉的价钱一定会飞涨，大家吃起猪肉来，恐怕
　　　　每人只好分到一片薄薄的咸肉了。

杰西卡　朗斯洛特，你这样胡说八道，我一定要告诉我的丈夫。
　　　　他来啦。

　　　　　　　罗兰佐上。

罗兰佐　朗斯洛特，你要是再拉着我的妻子在壁角里说话，我真
　　　　的要吃起醋来了。

杰西卡　不，罗兰佐，你放心好了，我已经跟朗斯洛特翻脸啦。
　　　　他老实不客气地告诉我，上天不会对我发慈悲，因为我是
　　　　一个犹太人的女儿；他又说你不是国家的好公民，因为你
　　　　把犹太人变成了基督徒，提高了猪肉的价钱。

罗兰佐　要是政府向我质问起来，我自有话说。可是，朗斯洛特，

你把那黑人的女儿弄大了肚子，这该是什么罪名呢？

朗斯洛特 那个摩尔姑娘会失去理智，给人弄大肚子，固然是件严重的事；可是如果她算不上是个规矩女人，那么我才是看错人啦。

罗兰佐 看，连傻瓜都会说起俏皮话来啦！照这样下去，连口才最好的才子，也只好哑口无言了。到时候就只听见八哥在那儿咭咭呱呱出风头！给我进去，小鬼，叫他们准备好开饭了。

朗斯洛特 先生，他们早已准备好了；他们都是有肚子的呢。

罗兰佐 老天爷，你的嘴真尖利！那么关照他们把饭菜准备起来。

朗斯洛特 饭和菜，他们也准备好了，大爷。您应当说：把饭菜端上来。

罗兰佐 那么就有劳尊驾吩咐下去：把饭菜端上来。

朗斯洛特 小的可没有这样大的气派，不敢这样使唤人啊。

罗兰佐 要怎样才能跟你讲得清楚！你可是打算把你的看家本领在今天一齐使出来？我求你啦——我是个老实人，不会跟你瞎扯。去对你那些同伴们说，桌子可以铺起来，饭菜可以端上来，我们要进来吃饭啦。

朗斯洛特 是，先生，我就去叫他们把饭菜铺起来，桌子端上来；至于您进不进来吃饭，那可悉随尊便。（下。）

罗兰佐 啊，看他心眼儿多么"尖巧"，说话多么"合拍"！这个傻瓜，脑子里塞满了一大堆"动听的"字眼。我知道有好多傻瓜，地位比他高，跟他一样，"满腹锦绣"，一件事扯到哪儿他不管，只是卖弄了再说。你好吗，杰西卡？亲爱的好人儿，现在告诉我，你对于巴萨尼奥的夫人有什么意见？

杰西卡　好到没有话说。巴萨尼奥大爷娶到这样一位好夫人，享尽了人世天堂的幸福，自然应该不会走上邪路了。要是有两个天神打赌，各自拿一个人间的女子做赌注，如其一个是鲍西娅，那么还有一个必须另外加上些什么，才可以彼此相抵，因为这一个寒伧的世界还不能产生一个跟她同样好的人来。

罗兰佐　他娶到了这么一个好妻子，你也嫁着了我这么一个好丈夫。

杰西卡　那可要先问问我的意见。

罗兰佐　可以可以，可是先让我们吃了饭再说。

杰西卡　不，让我趁着胃口没有倒之前，先把你恭维两句。

罗兰佐　不，你有话还是留到吃饭的时候说吧；那么不论你说得好说得坏，我都可以连着饭菜一起吞下去。

杰西卡　好，你且等着听我怎样说你吧。（同下。）

第四幕

第一场　威尼斯。法庭

公爵、众绅士、安东尼奥、巴萨尼奥、葛莱西安诺、
萨拉里诺、萨莱尼奥及余人等同上。

公爵　安东尼奥有没有来？

安东尼奥　有，殿下。

公爵　我很为你不快乐；你是来跟一个心如铁石的对手当庭质对，
一个不懂得怜悯、没有一丝慈悲心的不近人情的恶汉。

安东尼奥　听说殿下曾经用尽力量劝他不要过为已甚，可是他一
味坚执，不肯略作让步。既然没有合法的手段可以使我脱
离他的怨毒的掌握，我只有用默忍迎受他的愤怒，安心等
待着他的残暴的处置。

公爵　来人，传那犹太人到庭。

萨拉里诺　他在门口等着；他来了，殿下。

　　　　　夏洛克上。

公爵　大家让开些，让他站在我的面前。夏洛克，人家都以为——我也是这样想——你不过故意装出这一副凶恶的姿态，到了最后关头，就会显出你的仁慈恻隐来，比你现在这种表面上的残酷更加出人意料；现在你虽然坚持着照约处罚，一定要从这个不幸的商人身上割下一磅肉来，到了那时候，你不但愿意放弃这一种处罚，而且因为受到良心上的感动，说不定还会豁免他一部分的欠款。你看他最近接连遭逢的巨大损失，足以使无论怎样富有的商人倾家荡产，即使铁石一样的心肠，从来不知道人类同情的野蛮人，也不能不对他的境遇发生怜悯。犹太人，我们都在等候你一句温和的回答。

夏洛克　我的意思已经向殿下告禀过了；我也已经指着我们的圣安息日起誓，一定要照约执行处罚；要是殿下不准许我的请求，那就是蔑视宪章，我要到京城里去上告，要求撤销贵邦的特权。您要是问我为什么不愿接受三千块钱，宁愿拿一块腐烂的臭肉，那我可没有什么理由可以回答您，我只能说我欢喜这样，这是不是一个回答？要是我的屋子里有了耗子，我高兴出一万块钱叫人把它们赶掉，谁管得了我？这不是回答了您吗？有的人不爱看张开嘴的猪，有的人瞧见一头猫就要发脾气，还有人听见人家吹风笛的声音就忍不住要小便，因为一个人的感情完全受着喜恶的支配，谁也做不了自己的主。现在我就这样回答您：为什么有人受不住一头张开嘴的猪，有人受不住一头有益无害的猫，还有人受不住咿咿唔唔的风笛的声音，这些都是毫无充分的理由的，只是因为天生的癖性，使他们一受到刺激，就会情不自禁地现出丑相来；所以我不能举什么理由，也不愿举什么理由，除了因为我对于安东尼奥抱着久积的仇恨和深刻的反感，所以才会向他进行这一场对于我自己并没有好处的诉讼。现在您不是已经得到我的回答了吗？

巴萨尼奥　你这冷酷无情的家伙，这样的回答可不能作为你的残忍的辩解。

夏洛克　我的回答本来不是为了讨你的欢喜。

巴萨尼奥　难道人们对于他们所不喜欢的东西，都一定要置之死地吗？

夏洛克　哪一个人会恨他所不愿意杀死的东西？

巴萨尼奥　初次的冒犯，不应该就引为仇恨。

夏洛克　什么！你愿意给毒蛇咬两次吗？

安东尼奥　请你想一想，你现在跟这个犹太人讲理，就像站在海滩上，叫那大海的怒涛减低它的奔腾的威力，责问豺狼为什么害母羊为了失去它的羔羊而哀啼，或是叫那山上的松柏，在受到天风吹拂的时候，不要摇头摆脑，发出谡谡的声音。要是你能够叫这个犹太人的心变软——世上还有什么东西比它更硬呢？——那么还有什么难事不可以做到？所以我请你不用再跟他商量什么条件，也不用替我想什么办法，让我爽爽快快受到判决，满足这犹太人的心愿吧。

巴萨尼奥　借了你三千块钱，现在拿六千块钱还你好不好？

夏洛克　即使这六千块钱中间的每一块钱都可以分做六份，每一份都可以变成一块钱，我也不要它们；我只要照约处罚。

公爵 你这样一点没有慈悲之心，将来怎么能够希望人家对你慈悲呢？

夏洛克 我又不干错事，怕什么刑罚？你们买了许多奴隶，把他们当作驴狗骡马一样看待，叫他们做种种卑贱的工作，因为他们是你们出钱买来的。我可不可以对你们说，让他们自由，叫他们跟你们的子女结婚？为什么他们要在重担之下流着血汗？让他们的床铺得跟你们的床同样柔软，让他们的舌头也尝尝你们所吃的东西吧。你们会回答说："这些奴隶是我们所有的。"所以我也可以回答你们：我向他要求的这一磅肉，是我出了很大的代价买来的；它是属于我的，我一定要把它拿到手里。您要是拒绝了我，那么你们的法律去见鬼吧！威尼斯城的法令等于一纸空文。我现在等候着判决，请快些回答我，我可不可以拿到这一磅肉？

公爵 我已经差人去请培拉里奥，一位有学问的博士，来替我们审判这件案子；要是他今天不来，我可以有权宣布延期判决。

萨拉里诺 殿下，外面有一个使者刚从帕度亚来，带着这位博士的书信，等候着殿下的召唤。

公爵 把信拿来给我；叫那使者进来。

巴萨尼奥 高兴起来吧，安东尼奥！喂，老兄，不要灰心！这犹太人可以把我的肉、我的血、我的骨头、我的一切都拿去，可是我决不让你为了我的缘故流一滴血。

安东尼奥 我是羊群里一头不中用的病羊，死是我的应分；最软弱的果子最先落到地上，让我也就这样结束了我的一生吧。

威尼斯商人

巴萨尼奥，我只要你活下去，将来替我写一篇墓志铭，那你就是做了再好不过的事。

尼莉莎扮律师书记上。

公爵 你是从帕度亚培拉里奥那里来的吗？

尼莉莎 是，殿下。培拉里奥叫我向殿下致意。（呈上一信。）

巴萨尼奥 你这样使劲儿磨着刀干吗？

夏洛克 从那破产的家伙身上割下那磅肉来。

葛莱西安诺 狠心的犹太人，你不是在鞋口上磨刀，你这把刀是放在你的心口上磨；无论哪种铁器，就连刽子手的钢刀，都赶不上你这刻毒的心肠一半的锋利。难道什么恳求都不能打动你吗？

夏洛克 不能，无论你说得多么婉转动听，都没有用。

葛莱西安诺 万恶不赦的狗，看你死后不下地狱！让你这种东西活在世上，真是公道不生眼睛。你简直使我的信仰发生摇动，相信起毕达哥拉斯①所说畜生的灵魂可以转生人体的议论来了；你的前生一定是一头豺狼，因为吃了人给人捉住吊死，它那凶恶的灵魂就从绞架上逃了出来，钻进了你那老娘的腌臜的胎里，因为你的性情正像豺狼一样残暴贪婪。

夏洛克 除非你能够把我这一张契约上的印章骂掉，否则像你这样拉开了喉咙直嚷，不过白白伤了你的肺，何苦来呢？好兄弟，我劝你还是让你的脑子休息一下吧，免得它损坏了，将来无法收拾。我在这儿要求法律的裁判。

------

①毕达哥拉斯（Pythagoras）为主张灵魂轮回说的古希腊哲学家。

公爵 培拉里奥在这封信上介绍一位年轻有学问的博士出席我们的法庭。他在什么地方?

尼莉莎 他就在这儿附近等着您的答复,不知道殿下准不准许他进来?

公爵 非常欢迎。来,你们去三四个人,恭恭敬敬领他到这儿来。现在让我们把培拉里奥的来信当庭宣读。

书记 (读)"尊翰到时,鄙人抱疾方剧;适有一青年博士鲍尔萨泽君自罗马来此,致其慰问,因与详讨犹太人与安东尼奥一案,遍稽群籍,折衷是非,遂恳其为鄙人庖代,以应殿下之召。凡鄙人对此案所具意见,此君已深悉无遗;其学问才识,虽穷极赞辞,亦不足道其万一,务希勿以其年少而忽之,盖如此少年老成之士,实鄙人生平所仅见也。倘蒙延纳,必能不辱使命。敬祈钧裁。"

公爵 你们已经听到了博学的培拉里奥的来信。这儿来的大概就是那位博士了。

鲍西娅扮律师上。

公爵 把您的手给我。足下是从培拉里奥老前辈那儿来的吗?

鲍西娅 正是,殿下。

公爵 欢迎欢迎;请上坐。您有没有明了今天我们在这儿审理的这件案子的两方面的争点?

鲍西娅 我对于这件案子的详细情形已经完全知道了。这儿哪一个是那商人,哪一个是犹太人?

公爵 安东尼奥,夏洛克,你们两人都上来。

鲍西娅 你的名字就叫夏洛克吗?

夏洛克 夏洛克是我的名字。

鲍西娅　你这场官司打得倒也奇怪，可是按照威尼斯的法律，你的控诉是可以成立的。（向安东尼奥）你的生死现在操在他的手里，是不是？

安东尼奥　他是这样说的。

鲍西娅　你承认这借约吗？

安东尼奥　我承认。

鲍西娅　那么犹太人应该慈悲一点。

夏洛克　为什么我应该慈悲一点？把您的理由告诉我。

鲍西娅　慈悲不是出于勉强，它是像甘霖一样从天上降下尘世；它不但给幸福于受施的人，也同样给幸福于施与的人；它有超乎一切的无上威力，比皇冠更足以显出一个帝王的高贵：御杖不过象征着俗世的威权，使人民对于君上的尊严凛然生畏；慈悲的力量却高出于权力之上，它深藏在帝王的内心，是一种属于上帝的德性，执法的人倘能把慈悲调剂着公道，人间的权力就和上帝的神力没有差别。所以，犹太人，虽然你所要求的是公道，可是请你想一想，要是真的按照公道执行起赏罚来，谁也没有死后得救的希望；我们既然祈祷着上帝的慈悲，就应该按照祈祷的指点，自己做一些慈悲的事。我说了这一番话，为的是希望你能够从你的法律的立场上作几分让步；可是如果你坚持着原来的要求，那么威尼斯的法庭是执法无私的，只好把那商人宣判定罪了。

夏洛克　我自己做的事，我自己当！我只要求法律允许我照约执行处罚。

鲍西娅　他是不是无力偿还这笔借款？

巴萨尼奥 不，我愿意替他当庭还清；照原数加倍也可以；要是这样他还不满足，那么我愿意签署契约，还他十倍的数目，拿我的手、我的头、我的心做抵押；要是这样还不能使他满足，那就是存心害人，不顾天理了。请堂上运用权力，把法律稍为变通一下，犯一次小小的错误，干一件大大的功德，别让这个残忍的恶魔逞他杀人的兽欲。

鲍西娅 那可不行，在威尼斯谁也没有权力变更既成的法律；要是开了这一个恶例，以后谁都可以借口有例可援，什么坏事情都可以干了。这是不行的。

夏洛克 一个但尼尔①来做法官了！真的是但尼尔再世！聪明的青年法官啊，我真佩服你！

鲍西娅 请你让我瞧一瞧那借约。

夏洛克 在这儿，可尊敬的博士；请看吧。

鲍西娅 夏洛克，他们愿意出三倍的钱还你呢。

夏洛克 不行，不行，我已经对天发过誓啦，难道我可以让我的灵魂背上毁誓的罪名吗？不，把整个儿的威尼斯给我，我都不能答应。

鲍西娅 好，那么就应该照约处罚；根据法律，这犹太人有权要求从这商人的胸口割下一磅肉来。还是慈悲一点，把三倍原数的钱拿去，让我撕了这张约吧。

夏洛克 等他按照约中所载条款受罚以后，再撕不迟。您瞧上去像是一个很好的法官；您懂得法律，您讲的话也很有道理，不愧是法律界的中流砥柱，所以现在我就用法律的名义，

---

①但尼尔（Daniel），以色列人的著名士师，以善于折狱称。

请您立刻进行宣判，凭着我的灵魂起誓，谁也不能用他的口舌改变我的决心。我现在但等着执行原约。

安东尼奥 我也诚心请求堂上从速宣判。

鲍西娅 好，那么就是这样：你必须准备让他的刀子刺进你的胸膛。

夏洛克 啊，尊严的法官！好一位优秀的青年！

鲍西娅 因为这约上所订定的惩罚，对于法律条文的涵义并无抵触。

夏洛克 很对很对！啊，聪明正直的法官！想不到你瞧上去这样年轻，见识却这么老练！

鲍西娅 所以你应该把你的胸膛袒露出来。

夏洛克 对了，"他的胸部"，约上是这么说的；——不是吗，尊严的法官？——"附近心口的所在"，约上写得明明白白的。

鲍西娅 不错，称肉的天平有没有预备好？

夏洛克 我已经带来了。

鲍西娅 夏洛克，去请一位外科医生来替他堵住伤口，费用归你负担，免得他流血而死。

夏洛克 约上有这样的规定吗？

鲍西娅 约上并没有这样的规定；可是那又有什么相干呢？肯做一件好事总是好的。

夏洛克 我找不到；约上没有这一条。

鲍西娅 商人，你还有什么话说吗？

安东尼奥 我没有多少话要说；我已经准备好了。把你的手给我，巴萨尼奥，再会吧！不要因为我为了你的缘故遭到这种结局而悲伤，因为命运对我已经特别照顾了：她往往让一个不幸的人在家产荡尽以后继续活下去，用他凹陷的眼睛和满是皱纹的额角去挨受贫困的暮年；这一种拖延时日的刑罚，她已经把我豁免了。替我向尊夫人致意，告诉她安东尼奥的结局；对她说我怎样爱你，又怎样从容就死；等到你把这一段故事讲完以后，再请她判断一句，巴萨尼奥是不是曾经有过一个真心爱他的朋友。不要因为你将要失去一个朋友而懊恨，替你还债的人是死而无怨的；只要那犹太人的刀刺得深一点，我就可以在一刹那的时间把那笔债完全还清。

巴萨尼奥 安东尼奥，我爱我的妻子，就像我自己的生命一样；可是我的生命、我的妻子以及整个的世界，在我的眼中都不比你的生命更为贵重；我愿意丧失一切，把它们献给这恶魔做牺牲，来救出你的生命。

鲍西娅 尊夫人要是就在这儿听见您说这样话，恐怕不见得会感谢您吧。

葛莱西安诺 我有一个妻子，我可以发誓我是爱她的；可是我希望她马上归天，好去求告上帝改变这恶狗一样的犹太人的心。

尼莉莎 幸亏尊驾在她的背后说这样的话，否则府上一定要吵得鸡犬不宁了。

夏洛克 这些便是相信基督教的丈夫！我有一个女儿，我宁愿她嫁给强盗的子孙，不愿她嫁给一个基督徒，别再浪费光阴了；请快些儿宣判吧。

鲍西娅 那商人身上的一磅肉是你的；法庭判给你，法律许可你。

夏洛克 公平正直的法官！

鲍西娅 你必须从他的胸前割下这磅肉来；法律许可你，法庭判给你。

夏洛克 博学多才的法官！判得好！来，预备！

鲍西娅 且慢，还有别的话哩。这约上并没有允许你取他的一滴血，只是写明着"一磅肉"；所以你可以照约拿一磅肉去，可是在割肉的时候，要是流下一滴基督徒的血，你的土地财产，按照威尼斯的法律，就要全部充公。

葛莱西安诺 啊，公平正直的法官！听着，犹太人；啊，博学多才的法官！

夏洛克 法律上是这样说吗？

鲍西娅 你自己可以去查查明白。既然你要求公道，我就给你公道，而且比你所要求的更地道。

葛莱西安诺 啊，博学多才的法官！听着，犹太人；好一个博学多才的法官！

夏洛克 那么我愿意接受还款；照约上的数目三倍还我，放了那基督徒。

巴萨尼奥 钱在这儿。

鲍西娅 别忙！这犹太人必须得到绝对的公道。别忙！他除了照约处罚以外，不能接受其他的赔偿。

葛莱西安诺 啊，犹太人！一个公平正直的法官，一个博学多才的法官！

鲍西娅 所以你准备着动手割肉吧。不准流一滴血，也不准割得超过或是不足一磅的重量；要是你割下来的肉，比一磅略微轻一点或是重一点，即使相差只有一丝一毫，或者仅仅一根汗毛之微，就要把你抵命，你的财产全部充公。

葛莱西安诺　一个再世的但尼尔，一个但尼尔，犹太人！现在你可掉在我的手里了，你这异教徒！

鲍西娅　那犹太人为什么还不动手？

夏洛克　把我的本钱还我，放我去吧。

巴萨尼奥　钱我已经预备好在这儿，你拿去吧。

鲍西娅　他已经当庭拒绝过了；我们现在只能给他公道，让他履行原约。

葛莱西安诺　好一个但尼尔，一个再世的但尼尔！谢谢你，犹太人，你教会我说这句话。

夏洛克　难道我单单拿回我的本钱都不成吗？

鲍西娅　犹太人，除了冒着你自己生命的危险割下那一磅肉以外，你不能拿一个钱。

夏洛克　好，那么魔鬼保佑他去享用吧！我不打这场官司了。

鲍西娅　等一等，犹太人，法律上还有一点牵涉你。威尼斯的法律规定：凡是一个异邦人企图用直接或间接手段，谋害任何公民，查明确有实据者，他的财产的半数应当归受害的一方所有，其余的半数没入公库，犯罪者的生命悉听公爵处置，他人不得过问。你现在刚巧陷入这一条法网，因为根据事实的发展，已经足以证明你确有运用直接间接手段，危害被告生命的企图，所以你已经遭逢着我刚才所说起的那种危险了。快快跪下来，请公爵开恩吧。

葛莱西安诺　求公爵开恩，让你自己去寻死吧；可是你的财产现在充了公，一根绳子也买不起啦，所以还是要让公家破费把你吊死。

公爵 让你瞧瞧我们基督徒的精神，你虽然没有向我开口，我自动饶恕了你的死罪。你的财产一半划归安东尼奥，还有一半没入公库；要是你能够诚心悔过，也许还可以减处你一笔较轻的罚款。

鲍西娅 这是说没入公库的一部分，不是说划归安东尼奥的一部分。

夏洛克 不，把我的生命连着财产一起拿了去吧，我不要你们的宽恕。你们拿掉了支撑房子的柱子，就是拆了我的房子；你们夺去了我的养家活命的根本，就是活活要了我的命。

鲍西娅 安东尼奥，你能不能够给他一点慈悲？

葛莱西安诺 白送给他一根上吊的绳子吧；看在上帝的面上，不要给他别的东西！

安东尼奥 要是殿下和堂上愿意从宽发落，免予没收他的财产的一半，我就十分满足了；只要他能够让我接管他的另外一半的财产，等他死了以后，把它交给最近和他的女儿私奔的那位绅士；可是还要有两个附带的条件：第一，他接受了这样的恩典，必须立刻改信基督教；第二，他必须当庭写下一张文契，声明他死了以后，他的全部财产传给他的女婿罗兰佐和他的女儿。

公爵 他必须履行这两个条件，否则我就撤销刚才所宣布的赦令。

鲍西娅 犹太人，你满意吗？你有什么话说？

夏洛克 我满意。

鲍西娅 书记，写下一张授赠产业的文契。

夏洛克 请你们允许我退庭，我身子不大舒服。文契写好了送到我家里，我在上面签名就是了。

公爵 去吧，可是临时变卦是不成的。

葛莱西安诺 你在受洗礼的时候，可以有两个教父；要是我做了法官，我一定给你请十二个教父①，不是领你去受洗，是送你上绞架。（夏洛克下。）

公爵 先生，我想请您到舍间去用餐。

鲍西娅 请殿下多多原谅，我今天晚上要回帕度亚去，必须现在就动身，恕不奉陪了。

公爵 您这样贵忙，不能容我略尽寸心，真是抱歉得很。安东尼奥，谢谢这位先生，你这回全亏了他。（公爵、众士绅及侍从等下。）

巴萨尼奥 最可尊敬的先生，我跟我这位敝友今天多赖您的智慧，免去了一场无妄之灾；为了表示我们的敬意，这三千块钱本来是预备还那犹太人的，现在就奉送给先生，聊以报答您的辛苦。

安东尼奥 您的大恩大德，我们是永远不忘记的。

鲍西娅 一个人做了心安理得的事，就是得到了最大的酬报；我这次帮两位的忙，总算没有失败，已经引为十分满足，用不着再谈什么酬谢了。但愿咱们下次见面的时候，两位仍旧认识我。现在我就此告辞了。

巴萨尼奥 好先生，我不能不再向您提出一个请求，请您随便从我们身上拿些什么东西去，不算是酬谢，只算是留个纪念。请您答应我两件事儿：既不要推却，还要原谅我的要求。

鲍西娅 你们这样殷勤，倒叫我却之不恭了。（向安东尼奥）把您

---

① 当时法庭审判罪犯，由十二人组成陪审团。

威尼斯商人

的手套送给我，让我戴在手上留个纪念吧；（向巴萨尼奥）为了纪念您的盛情，让我拿了这戒指去。不要缩回您的手，我不再向您要什么了；您既然是一片诚意，想来总也不会拒绝我吧。

巴萨尼奥　这指环吗，好先生？唉！它是个不值钱的玩意儿；我不好意思把这东西送给您。

鲍西娅　我什么都不要，就是要这指环；现在我想我非把它要来不可了。

巴萨尼奥　这指环的本身并没有什么价值，可是因为有其他的关系，我不能把它送人。我愿意搜访威尼斯最贵重的一枚指环来送给您，可是这一枚却只好请您原谅了。

鲍西娅　先生，您原来是个口头上慷慨的人；您先教我怎样伸手求讨，然后再教我懂得了一个叫化子会得到怎样的回答。

巴萨尼奥　好先生，这指环是我的妻子给我的；她把它套上我的手指的时候，曾经叫我发誓永远不把它出卖、送人或是遗失。

鲍西娅　人们在吝惜他们的礼物的时候，都可以用这样的话做推托的。要是尊夫人不是一个疯婆子，她知道了我对于这指环是多么受之无愧，一定不会因为您把它送掉了而跟您长久反目的。好，愿你们平安！（鲍西娅、尼莉莎同下。）

安东尼奥　我的巴萨尼奥少爷，让他把那指环拿去吧；看在他的功劳和我的交情份上，违犯一次尊夫人的命令，想来不会有什么要紧。

巴萨尼奥　葛莱西安诺，你快追上他们，把这指环送给他；要是可能的话，领他到安东尼奥的家里去。去，赶快！（葛莱西安诺下）来，我就陪着你到你府上；明天一早咱们两人就飞到贝尔蒙特去。来，安东尼奥。（同下。）

第二场　同前。街道

鲍西娅及尼莉莎上。

鲍西娅　打听打听这犹太人住在什么地方，把这文契交给他，叫他签了字。我们要比我们的丈夫先一天到家，所以一定得在今天晚上动身。罗兰佐拿到了这一张文契，一定高兴得不得了。

葛莱西安诺上。

葛莱西安诺　好先生，我好容易追上了您。我家大爷巴萨尼奥再三考虑之下，决定叫我把这指环拿来送给您，还要请您赏光陪他吃一顿饭。

鲍西娅　那可没法应命；他的指环我受下了，请你替我谢谢他。我还要请你给我这小兄弟带路到夏洛克老头儿的家里。

葛莱西安诺　可以可以。

尼莉莎　大哥，我要向您说句话儿。（向鲍西娅旁白）我要试一试我能不能把我丈夫的指环拿下来。我曾经叫他发誓永远不离手。

鲍西娅　你一定能够。我们回家以后，一定可以听听他们指天誓日，说他们是把指环送给男人的；可是我们要压倒他们，比他们发更厉害的誓。你快去吧，你知道我会在什么地方等你。

尼莉莎　来，大哥，请您给我带路。（各下。）

第五幕

第一场　贝尔蒙特。通至鲍西娅住宅的林荫路

罗兰佐及杰西卡上。

罗兰佐　好皎洁的月色！微风轻轻地吻着树枝，不发出一点声响；我想正是在这样一个夜里，特洛伊罗斯登上了特洛亚的城墙，遥望着克瑞西达所寄身的希腊人的营幕，发出他的深心中的悲叹。

杰西卡　正是在这样一个夜里，提斯柏心惊胆战地踩着露水，去赴她情人的约会，因为看见了一头狮子的影子，吓得远远逃走。

罗兰佐　正是在这样一个夜里，狄多手里执着柳枝，站在辽阔的

海滨，招她的爱人回到迦太基来。

杰西卡　正是在这样一个夜旦，美狄亚采集了灵芝仙草，使衰迈
　　　　的埃宋返老还童。①

罗兰佐　正是在这样一个夜里，杰西卡从犹太富翁的家里逃了出
　　　　来，跟着一个不中用的情郎从威尼斯一直走到贝尔蒙特。

杰西卡　正是在这样一个夜里，年轻的罗兰佐发誓说他爱她，用
　　　　许多忠诚的盟言偷去了她的灵魂，可是没有一句话是真的。

罗兰佐　正是在这样一个夜里，可爱的杰西卡像一个小泼妇似的，
　　　　信口毁谤她的情人，可是他饶恕了她。

杰西卡　倘不是有人来了，我可以搬弄出比你所知道的更多的夜
　　　　的典故来。可是听！这不是一个人的脚步声吗？

　　　　　　　斯丹法诺上

罗兰佐　谁在这静悄悄的深夜里跑得这么快？

斯丹法诺　一个朋友。

罗兰佐　一个朋友！什么朋友？请问朋友尊姓大名？

斯丹法诺　我的名字是斯丹法诺，我来向你们报个信，我家女主
　　　　人在天明以前，就要到贝尔蒙特来了；她一路上看见圣十
　　　　字架，便停步下来，长跪祷告，祈求着婚姻的美满。

罗兰佐　谁陪她一起来？

斯丹法诺　没有什么人，只是一个修道的隐士和她的侍女。请问
　　　　我家主人有没有回来？

罗兰佐　他没有回来，我们也没有听到他的消息。可是，杰西卡，

---

①埃宋（Aeson）即伊阿宋之父，得伊阿宋的妻子美狄亚（Medea）
之灵药而返老还童。故事见奥维德《变形记》第七章。

我们进去吧；让我们按照着礼节，准备一些欢迎这屋子的
女主人的仪式。

    朗斯洛特上。

朗斯洛特 索拉！索拉！哦哈呵！索拉！索拉！

罗兰佐 谁在那儿嚷？

朗斯洛特 索拉！你看见罗兰佐大爷吗？罗兰佐大爷！索拉！
索拉！

罗兰佐 别嚷啦，朋友；他就在这儿。

朗斯洛特 索拉！哪儿？哪儿？

罗兰佐 这儿。

朗斯洛特 对他说我家主人差一个人带了许多好消息来了；他在
天明以前就要回家来啦。（下。）

罗兰佐 亲爱的，我们进去，等着他们回来吧。不，还是不用进
去。我的朋友斯丹法诺，请你进去通知家里的人，你们的
女主人就要来啦，叫他们准备好乐器到门外来迎接。（斯
丹法诺下）月光多么恬静地睡在山坡上！我们就在这儿坐
下来，让音乐的声音悄悄送进我们的耳边；柔和的静寂和
夜色，是最足以衬托出音乐的甜美的。坐下来，杰西卡。
瞧，天宇中嵌满了多少灿烂的金钹；你所看见的每一颗微
小的天体，在转动的时候都会发出天使般的歌声，永远应
和着嫩眼的天婴的妙唱。在永生的灵魂里也有这一种音乐，
可是当它套上这一具泥土制成的俗恶易朽的皮囊以后，我
们便再也听不见了。

    众乐工上。

罗兰佐 来啊！奏起一支圣歌来唤醒狄安娜女神；用最温柔的

节奏倾注到你们女主人的耳中，让她被乐声吸引着回来。
（音乐。）

杰西卡　我听见了柔和的音乐，总觉得有些惆怅。

罗兰佐　这是因为你有一个敏感的灵魂。你只要看一群不服管束的畜生，或是那野性未驯的小马，逞着它们奔放的血气，乱跳狂奔，高声嘶叫。倘然偶尔听到一声喇叭，或是任何乐调，就会一齐立定。它们狂野的眼光，因为中了音乐的魅力，变成温和的注视。所以诗人会造出俄耳甫斯用音乐感动木石、平息风浪的故事，因为无论怎样坚硬顽固狂暴的事物，音乐都可以立刻改变它们的性质；灵魂里没有音乐，或是听了甜蜜和谐的乐声而不会感动的人，都是擅于为非作恶、使奸弄诈的；他们的灵魂像黑夜一样昏沉，他们的感情像鬼域一样幽暗；这种人是不可信任的。听这音乐！

鲍西娅及尼莉莎自远处上。

鲍西娅　那灯光是从我家里发出来的。一枝小小的蜡烛，它的光照耀得多么远！一件善事也正像这枝蜡烛一样，在这罪恶的世界上发出广大的光辉。

尼莉莎　月光明亮的时候，我们就瞧不见灯光。

鲍西娅　小小的荣耀也正是这样给更大的光荣所掩。国王出巡的时候摄政的威权未尝不就像一个君主，可是一到国王回来，他的威权就归于乌有，正像溪涧中的细流注入大海一样。音乐！听！

尼莉莎　小姐，这是我们家里的音乐。

鲍西娅　没有比较，就显不出长处；我觉得它比在白天好听得

威尼斯商人

多哪。

尼莉莎　小姐，那是因为晚上比白天静寂的缘故。

鲍西娅　如果没有人欣赏，乌鸦的歌声也就和云雀一样；要是夜莺在白天杂在群鹅的聒噪里歌唱，人家决不以为它比鹪鹩唱得更美。多少事情因为逢到有利的环境，才能够达到尽善的境界，博得一声恰当的赞赏！喂，静下来！月亮正在拥着她的情郎酣睡，不肯就醒来呢。（音乐停止。）

罗兰佐　要是我没有听错，这分明是鲍西娅的声音。

鲍西娅　我的声音太难听，所以一下子就给他听出来了，正像瞎子能够辨认杜鹃一样。

罗兰佐　好夫人，欢迎您回家来！

鲍西娅　我们在外边为我们的丈夫祈祷平安，希望他们能够因我们的祈祷而多福。他们已经回来了吗？

罗兰佐　夫人，他们还没有来；可是刚才有人来送过信，说他们就要来了。

鲍西娅　进去，尼莉莎，吩咐我的仆人们，叫他们就当我们两人没有出去过一样；罗兰佐，您也给我保守秘密；杰西卡，您也不要多说。（喇叭声。）

罗兰佐　您的丈夫来啦，我听见他的喇叭的声音。我们不是搬嘴弄舌的人，夫人，您放心好了。

鲍西娅　这样的夜色就像一个昏沉的白昼，不过略微惨淡点儿；没有太阳的白天，瞧上去也不过如此。

　　　　巴萨尼奥、安东尼奥、葛莱西安诺及侍从等上。

巴萨尼奥　要是您在没有太阳的地方走路，我们就可以和地球那一面的人共同享有着白昼。

鲍西娅　让我发出光辉，可是不要让我像光一样轻浮；因为一个轻浮的妻子，是会使丈夫的心头沉重的，我决不愿意巴萨尼奥为了我而心头沉重。可是一切都是上帝作主！欢迎您回家来，夫君！

巴萨尼奥　谢谢您，夫人。请您欢迎我这位朋友；这就是安东尼奥，我曾经受过他无穷的恩惠。

鲍西娅　他的确使您受惠无穷，因为我听说您曾经使他受累无穷呢。

安东尼奥　没有什么，现在一切都已经圆满解决了。

鲍西娅　先生，我们非常欢迎您的光临；可是口头的空言不能表示诚意，所以一切客套的话，我都不说了。

葛莱西安诺　（向尼莉莎）我凭着那边的月亮起誓，你冤枉了我，我真的把它送给了那法官的书记。好人，你既然把这件事情看得这么重，那么我但愿拿了去的人是个割掉了鸡巴的。

鲍西娅　啊！已经在吵架了吗？为了什么事？

葛莱西安诺　为了一个金圈圈儿，她给我的一个不值钱的指环，上面刻着的诗句，就跟那些刀匠们刻在刀子上的差不多，什么"爱我毋相弃"。

尼莉莎　你管它什么诗句，什么值钱不值钱？我当初给你的时候，你曾经向我发誓，说你要戴着它直到死去，死了就跟你一起葬在坟墓里；即使不为我，为了你所发的重誓，你也应该把它看重，好好儿地保存着。送给一个法官的书记！呸！上帝可以替我判断，拿了这指环去的那个书记，一定是个脸上永远不会出毛的。

葛莱西安诺　他年纪长大起来，自然会出胡子的。

威尼斯商人

尼莉莎　一个女人也会长成男子吗？

葛莱西安诺　我举手起誓，我的确把它送给一个少年人，一个年纪小小、发育不全的孩子；他的个儿并不比你高，这个法官的书记。他是个多话的孩子，一定要我把这指环给他做酬劳，我实在不好意思不给他。

鲍西娅　恕我说句不客气的话，这是你的不对；你怎么可以把你妻子的第一件礼物随随便便给了人？你已经发过誓把它套在你的手指上，它就是你身体上不可分的一部分。我也曾经送给我的爱人一个指环，使他发誓永不把它抛弃；他现在就在这儿，我敢代他发誓，即使把世间所有的财富向他交换，他也不肯丢掉它或是把它从他的手指上取下来的。真的，葛莱西安诺，你太对不起你的妻子了；倘然是我的话，我早就发起脾气来啦。

巴萨尼奥　（旁白）嗳哟，我应该把我的左手砍掉了，那就可以发誓说，因为强盗要我的指环，我不肯给他，所以连手都给砍下来了。

葛莱西安诺　巴萨尼奥大爷也把他的指环给那法官了，因为那法官一定要向他讨那指环；其实他就是拿了指环去，也一点不算过份。那个孩子、那法官的书记，因为写了几个字，也就讨了我的指环去做酬劳。他们主仆两人什么都不要，就是要这两个指环。

鲍西娅　我的爷，您把什么指环送了人哪？我想不会是我给您的那一个吧？

巴萨尼奥　要是我可以用说谎来加重我的过失，那么我会否认的；可是您瞧我的手指上已没有指环；它已经没有了。

鲍西娅　正像您的虚伪的心里没有一丝真情一样。我对天发誓，除非等我见了这指环，我再也不跟您同床共枕。

尼莉莎　要是我看不见我的指环，我也再不跟你同床共枕。

巴萨尼奥　亲爱的鲍西娅，要是您知道我把这指环送给什么人，要是您知道我为了谁的缘故把这指环送人，要是您能够想到为了什么理由我把这指环送人，我又是多么舍不下这个指环，可是人家偏偏什么也不要，一定要这个指环，那时候您就不会生这么大的气了。

鲍西娅　要是您知道这指环的价值，或是识得了把这指环给您的那人的一半好处，或是懂得了您自己保存着这指环的光荣，您就不会把这指环抛弃。只要你肯稍为用诚恳的话向他解释几句，世上哪有这样不讲理的人，会好意思硬要人家留作纪念的东西？尼莉莎讲的话一点不错，我可以用我的生命赌咒，一定是什么女人把这指环拿去了。

巴萨尼奥　不，夫人，我用我的名誉、我的灵魂起誓，并不是什么女人拿去，的确是送给那位法学博士的；他不接受我送给他的三千块钱，一定要讨这指环，我不答应，他就老大不高兴地去了。就是他救了我的好朋友的性命；我应该怎么说呢，好太太？我没有法子，只好叫人追上去送给他；人情和礼貌逼着我这样做，我不能让我的名誉沾上忘恩负义的污点。原谅我，好夫人，凭着天上的明灯起誓，要是那时候您也在那儿，我想您一定会恳求我把这指环送给这位贤能的博士的。

鲍西娅　让那博士再也不要走近我的屋子。他既然拿去了我所珍爱的宝物，又是您所发誓永远为我保存的东西，那么我也

威尼斯商人

会像您一样慷慨；我会把我所有的一切都给他，即使他要我的身体，或是我的丈夫的眠床，我都不会拒绝他。我总有一天会认识他的，那是我完全有把握的；您还是一夜也不要离开家里，像个百眼怪物那样看守着我吧；否则我可以凭着我的尚未失去的贞操起誓，要是您让我一个人在家里，我一定要跟这个博士睡在一床的。

尼莉莎 我也要跟他的书记睡在一床；所以你还是留心不要走开我的身边。

葛莱西安诺 好，随你的便，只要不让我碰到他；要是他给我捉住了，我就折断这个少年书记的那枝笔。

安东尼奥 都是我的不是，引出你们这一场吵闹。

鲍西娅 先生，这跟您没有关系；您来我们是很欢迎的。

巴萨尼奥 鲍西娅，饶恕我这一次出于不得已的错误，当着这许多朋友们的面前，我向您发誓，凭着您这一双美丽的眼睛，在它们里面我可以看见我自己——

鲍西娅 你们听他的话！我的左眼里也有一个他，我的右眼里也有一个他；您用您的两重人格发誓，我还能够相信您吗？

巴萨尼奥 不，听我说。原谅我这一次错误，凭着我的灵魂起誓，我以后再不违背对您发出的誓言。

安东尼奥 我曾经为了他的幸福，把我自己的身体向人抵押，倘不是幸亏那个把您丈夫的指环拿去的人，几乎送了性命；现在我敢再立一张契约，把我的灵魂作为担保，保证您的丈夫决不会再有故意背信的行为。

鲍西娅 那么就请您做他的保证人，把这个给他，叫他比上回那一个保存得牢一些。

安东尼奥　拿着，巴萨尼奥；请您发誓永远保存这一个指环。

巴萨尼奥　天哪！这就是我给那博士的那一个！

鲍西娅　我就是从他手里拿来的。原谅我，巴萨尼奥，因为凭着这个指环，那博士已经跟我睡过觉了。

尼莉莎　原谅我，我的好葛莱西安诺；就是那个发育不全的孩子，那个博士的书记，因为我问他讨这个指环，昨天晚上已经跟我睡在一起了。

葛莱西安诺　嗳哟，这就像是在夏天把铺得好好的道路重新翻造。嘿！我们就这样冤冤枉枉地做起忘八来了吗？

鲍西娅　不要说得那么难听。你们大家都有点莫名其妙；这儿有一封信，拿去慢慢地念吧，它是培拉里奥从帕度亚寄来的，你们从这封信里，就可以知道那位博士就是鲍西娅，她的书记便是这位尼莉莎。罗兰佐可以向你们证明，当你们出发以后，我就立刻动身；我回家来还没有多少时候，连大门也没有进去过呢。安东尼奥，我们非常欢迎您到这儿来；我还带着一个您所意料不到的好消息给您，请您拆开这封信，您就可以知道您有三艘商船，已经满载而归，马上要到港了。您再也想不出这封信怎么会那么巧地到了我的手里。

安东尼奥　我没有话说了。

巴萨尼奥　您就是那个博士，我还不认识您吗？

葛莱西安诺　你就是要叫我当忘八的那个书记吗？

尼莉莎　是的，可是除非那书记会长成一个男子，他再也不能叫你当忘八。

巴萨尼奥　好博士，你今晚就陪着我睡觉吧；当我不在的时候，您可以睡在我妻子的床上。

安东尼奥 好夫人，您救了我的命，又给了我一条活路；我从这封信里得到了确实的消息，我的船只已经平安到港了。

鲍西娅 喂，罗兰佐！我的书记也有一件好东西要给您哩。

尼莉莎 是的，我可以送给他，不收一些费用。这儿是那犹太富翁亲笔签署的一张授赠产业的文契，声明他死了以后，全部遗产都传给您和杰西卡，请你们收下吧。

罗兰佐 两位好夫人，你们像是散布玛哪①的天使，救济着饥饿的人们。

鲍西娅 天已经差不多亮了，可是我知道你们还想把这些事情知道得详细一点。我们大家进去吧；你们还有什么疑惑的地方，尽管再向我们发问，我们一定老老实实地回答一切问题。

葛莱西安诺 很好，我要我的尼莉莎宣誓答复的第一个问题，是现在离白昼只有两小时了，我们还是就去睡觉呢，还是等明天晚上再睡？正是——

　　　　不惧黄昏近，但愁白日长；

　　　　翩翩书记俊，今夕喜同床。

　　　　金环束指间，灿烂自生光，

　　　　唯恐娇妻骂，莫将弃道旁。（众下。）

---

①玛哪（manna），天粮，见《旧约·出埃及记》。

无事生非

剧中人物

唐·彼德罗　阿拉贡亲王

唐·约翰　唐·彼德罗的庶弟

克劳狄奥　弗罗棱萨的少年贵族

培尼狄克　帕度亚的少年贵族

里奥那托　梅西那总督

安东尼奥　里奥那托之弟

鲍尔萨泽　唐·彼德罗的仆人

波拉契奥　⎫
　　　　　⎬ 唐·约翰的侍从
康拉德　　⎭

道格培里　警吏

弗吉斯　警佐

法兰西斯神父

教堂司事

小童

希罗　里奥那托的女儿

贝特丽丝　里奥那托的侄女

玛格莱特　⎫
　　　　　⎬ 希罗的侍女
欧苏拉　　⎭

使者、巡丁、侍从等

地　点

梅西那

第一幕

第一场 里奥那托住宅门前

里奥那托、希罗、贝特丽丝及一使者上。

里奥那托 这封信里说，阿拉贡的唐·彼德罗今晚就要到梅西那来了。

使者 他马上要到了；我跟他分手的时候，他离这儿才不过八九哩路呢。

里奥那托 你们在这次战事里折了多少将士？

使者 没有多少，有点名气的一个也没有。

里奥那托 得胜者全师而归，那是双重的胜利了。信上还说起唐·彼德罗十分看重一位叫做克劳狄奥的年轻的弗罗棱萨人。

使者 他果然是一位很有才能的人，唐·彼德罗赏识得不错。他

无事生非

年纪虽然很轻，做的事情十分了不得，看上去像一头羔羊，上起战场来却像一头狮子；他的确能够超过一般人对他的期望，我这张嘴也说不尽他的好处。

里奥那托　他有一个伯父在这儿梅西那，知道了一定会非常高兴。

使者　我已经送信给他了，看他的样子十分快乐，快乐得甚至忍不住心酸起来。

里奥那托　他流起眼泪来了吗？

使者　流了很多眼泪。

里奥那托　这是天性中至情的自然流露；这样的泪洗过的脸，是最真诚不过的。因为快乐而哭泣，比之看见别人哭泣而快乐，总要好得多啦！

贝特丽丝　请问你，那位剑客先生是不是也从战场上回来了？

使者　小姐，这个名字我没有听见过；在军队里没有这样一个人。

里奥那托　侄女，你问的是什么人？

希罗　姊姊说的是帕度亚的培尼狄克先生。

使者　啊，他也回来了，仍旧是那么爱打趣的。

贝特丽丝　从前他在这儿梅西那的时候，曾经公开宣布，要跟爱神较量较量；我叔父的傻子听了他这些话，还拿着钝头箭替爱神出面，要跟他较量个高低。请问你，他在这次战事中间杀了多少人？吃了多少人？可是你先告诉我他杀了多少人，因为我曾经答应他，无论他杀死多少人，我都可以把他们吃下去。

里奥那托　真的，侄女，你把培尼狄克先生取笑得太过分了；我相信他一定会向你报复的。

使者　小姐，他在这次战事里立下很大的功劳呢。

贝特丽丝　你们那些发霉的军粮，都是他一个人吃下去的；他是个著名的大饭桶，他的胃口好得很哩。

使者　而且他也是个很好的军人，小姐。

贝特丽丝　他在小姐太太们面前是个很好的军人；可是在大爷们面前呢？

使者　在大爷们面前，还是个大爷；在男儿们面前，还是个堂堂的男儿——充满了各种美德。

贝特丽丝　究竟他的肚子里充满了些什么，我们还是别说了吧；我们谁也不是圣人。

里奥那托　请你不要误会舍侄女的意思。培尼狄克先生跟她是说笑惯了的；他们一见面，总是舌剑唇枪，各不相让。

贝特丽丝　可惜他总是占不到便宜！在我们上次交锋的时候，他的五分才气倒有四分给我杀得狼狈逃走，现在他全身只剩一分了；要是他还有些儿才气留着，那么就让他保存起来，叫他跟他的马儿有个分别吧，因为这是使他可以被称为有理性动物的唯一的财产了。现在是谁做他的同伴了？听说他每个月都要换一位把兄弟。

使者　有这等事吗？

贝特丽丝　很可能；他的心就像他帽子的式样一般，时时刻刻会起变化的。

使者　小姐，看来这位先生的名字不曾注在您的册子上。

贝特丽丝　没有，否则我要把我的书斋都一起烧了呢。可是请问你，谁是他的同伴？总有那种轻狂的小伙子，愿意跟他一起鬼混的吧？

使者　他跟那位尊贵的克劳狄奥来往得顶亲密。

贝特丽丝　天哪，他要像一场瘟疫一样缠住人家呢；他比瘟疫还容易传染，谁要是跟他发生接触，立刻就会变成疯子。上帝保佑尊贵的克劳狄奥！要是他给那个培尼狄克缠住了，一定要花上一千镑钱才可以把他赶走哩。

使者　小姐，我愿意跟您交个朋友。

贝特丽丝　很好，好朋友。

里奥那托　侄女，你是永远不会发疯的。

贝特丽丝　不到大热的冬天，我是不会发疯的。

使者　唐·彼德罗来啦。

　　　　　　唐·彼德罗、唐·约翰、克劳狄奥、培尼狄克、鲍尔萨泽等同上。

彼德罗　里奥那托大人，您是来迎接麻烦来了；一般人都只想避免耗费，您却偏偏自己愿意多事。

里奥那托　多蒙殿下枉驾，已是莫大的荣幸，怎么说是麻烦呢？麻烦去了，可以使人如释重负；可是当您离开我的时候，我只觉得怅怅然若有所失。

彼德罗　您真是太喜欢自讨麻烦啦。这位便是令嫒吧？

里奥那托　她的母亲好几次对我说她是我的女儿。

培尼狄克　大人，您问她的时候，是不是心里有点疑惑？

里奥那托　不，培尼狄克先生，因为那时候您还是个孩子哩。

彼德罗　培尼狄克，你也被人家挖苦了；这么说，我们可以猜想到你现在长大了，是个怎么样的人。真的，这位小姐很像她的父亲。小姐，您真幸福，因为您像这样一位高贵的父亲。

培尼狄克　要是里奥那托大人果然是她的父亲，就是把梅西那全城的财富都给她，她也不愿意有他那样一副容貌的。

贝特丽丝　培尼狄克先生，您怎么还在那儿讲话呀？没有人听着您哩。

培尼狄克　嗳哟，我的傲慢的小姐！您还活着吗？

贝特丽丝　世上有培尼狄克先生那样的人，傲慢是不会死去的；顶有礼貌的人，只要一看见您，也就会傲慢起来。

培尼狄克　那么礼貌也是个反复无常的小人了。可是除了您以外，无论哪个女人都爱我，这一点是毫无疑问的；我希望我的心肠不是那么硬，因为说句老实话，我实在一个也不爱她们。

贝特丽丝　那真是女人们好大的运气，要不然她们准要给一个讨厌的求婚者麻烦死了。我感谢上帝和我自己冷酷的心，我在这一点上倒跟您心情相合；与其叫我听一个男人发誓说他爱我，我宁愿听我的狗向着一只乌鸦叫。

培尼狄克　上帝保佑您小姐永远怀着这样的心情吧！这样某一位先生就可以逃过他命中注定的抓破脸皮的恶运了。

贝特丽丝　像您这样一副尊容，就是抓破了也不会变得比原来更难看的。

培尼狄克　好，您真是一位好鹦鹉教师。

贝特丽丝　像我一样会说话的鸟儿，比起像尊驾一样的畜生来，总要好得多啦。

培尼狄克　我希望我的马儿能够跑得像您说起话来一样快，也像您的舌头一样不知道疲倦。请您尽管说下去吧，我可要恕不奉陪啦。

贝特丽丝　您在说不过人家的时候，总是像一匹不听话的马儿一

无事生非

样，望岔路里溜了过去；我知道您的老脾气。

彼德罗　那么就这样吧，里奥那托。克劳狄奥，培尼狄克，我的好朋友里奥那托请你们一起住下来。我对他说我们至少要在这儿耽搁一个月；他却诚心希望会有什么事情留住我们多住一些时候。我敢发誓他不是一个假情假义的人，他的话都是从心里发出来的。

里奥那托　殿下，您要是发了誓，您一定不会背誓。（向唐·约翰）欢迎，大人；您现在已经跟令兄言归于好，我应该向您竭诚致敬。

约翰　谢谢；我是一个不会说话的人，可是我谢谢你。

里奥那托　殿下请了。

彼德罗　让我挽着您的手，里奥那托，咱们一块儿走吧。（除培尼狄克、克劳狄奥外皆下。）

克劳狄奥　培尼狄克，你有没有注意到里奥那托的女儿？

培尼狄克　看是看见的，可是我没有对她注意。

克劳狄奥　她不是一位贞静的少女吗？

培尼狄克　您是规规矩矩地要我把老实话告诉您呢，还是要我照平常的习惯，摆出一副统治女性的暴君面孔来发表我的意见？

克劳狄奥　不，我要你根据冷静的判断老实回答我。

培尼狄克　好，那么我说，她是太矮了点儿，不能给她太高的恭维；太黑了点儿，不能给她太美的恭维；又太小了点儿，不能给她太大的恭维。我所能给她的唯一的称赞，就是她倘不是像现在这样子，一定很不漂亮；可是她既然不能再好看一点，所以我一点不喜欢她。

克劳狄奥　你以为我是在说着玩哩。请你老老实实告诉我，你觉得她怎样。

培尼狄克　您这样问起她，是不是要把她买下来吗？

克劳狄奥　全世界所有的财富，可以买得到这样一块美玉吗？

培尼狄克　可以，而且还可以附送一只匣子把它藏起来。可是您说这样的话，是一本正经的呢，还是随口胡说，就像说盲目的丘匹德是个猎兔的好手、打铁的乌尔冈①是个出色的木匠一样？告诉我，您唱的歌儿究竟是什么调子？

克劳狄奥　在我的眼睛里，她是我平生所见的最可爱的姑娘。

培尼狄克　我现在还可以不戴眼镜瞧东西，可是我却瞧不出来她有什么可爱。她那个族姊就是脾气太坏了点儿，要是讲起美貌来，那就正像一个是五月的春朝，一个是十二月的岁暮，比她好看得多啦。可是我希望您不是要想做起丈夫来了吧？

克劳狄奥　即使我曾经立誓终身不娶，可是要是希罗肯做我的妻子，我也没法相信自己了。

培尼狄克　事情已经到这个地步了吗？难道世界上的男子个个都愿意戴上绿头巾，心里七上八下吗？难道我永远看不见一个六十岁的童男子吗？好，要是你愿意把你的头颈伸进轭里去，那么你就把它套起来，到星期日休息的日子自己怨命吧。瞧，唐·彼德罗来找您了。

　　　　　唐·彼德罗重上。

彼德罗　你们不跟我到里奥那托家里去，在这儿讲些什么秘密

---

①乌尔冈（Vulcan），希腊罗马神话中司火与锻冶之神。

话儿？

培尼狄克　我希望殿下命令我说出来。

彼德罗　好，我命令你说出来。

培尼狄克　听着，克劳狄奥伯爵。我能够像哑子一样保守秘密，我也希望您相信我不是一个搬嘴弄舌的人；可是殿下这样命令我，有什么办法呢？他是在恋爱了。跟谁呢？这就应该殿下自己去问他了。注意他的回答是多么短：他爱的是希罗，里奥那托的短短的女儿。

克劳狄奥　要是真有这么一回事，那么他已经替我说出来了。

培尼狄克　正像老话说的，殿下，"既不是这么一回事，也不是那么一回事，可是真的，上帝保佑不会有这么一回事。"

克劳狄奥　我的感情倘不是一下子就会起变化，我倒并不希望上帝改变这事实。

彼德罗　阿门，要是你真的爱她；这位小姐是很值得你眷恋的。

克劳狄奥　殿下，您这样说是有意诱我吐露真情吗？

彼德罗　真的，我不过说我心里想到的话。

克劳狄奥　殿下，我说的也是我自己心里的话。

培尼狄克　凭着我的三心两意起誓，殿下，我说的也是我自己心里的话。

克劳狄奥　我觉得我真的爱她。

彼德罗　我知道她是位很好的姑娘。

培尼狄克　我可既不觉得为什么要爱她，也不知道她有什么好处；你们就是用火刑烧死我，也不能使我改变这个意见。

彼德罗　你永远是一个排斥美貌的顽固的异教徒。

克劳狄奥　他这种不近人情的态度，都是违背了良心故意做作出来的。

培尼狄克　一个女人生下了我，我应该感谢她；她把我养大，我也要向她表示至诚的感谢；可是要我为了女人的缘故而戴起一顶不雅的头巾来，或者无形之中，胸口挂了一个号筒，那么我只好敬谢不敏了。因为我不愿意对任何一个女人猜疑而使她受到委屈，所以宁愿对无论哪个女人都不信任，免得委屈了自己。总而言之，为了让我自己穿得漂亮一点起见，我愿意一生一世做个光棍。

彼德罗　我在未死之前，总有一天会看见你为了爱情而憔悴的。

培尼狄克　殿下，我可以因为发怒，因为害病，因为挨饿而脸色惨白，可是决不会因为爱情而憔悴；您要是能够证明有一天我因为爱情而消耗的血液在喝了酒后不能把它恢复过来，就请您用编造歌谣的人的那枝笔挖去我的眼睛，把我当做一个瞎眼的丘匹德，挂在妓院门口做招牌。

彼德罗　好，要是有一天你的决心动摇起来，可别怪人家笑话你。

培尼狄克　要是有那么一天，我就让你们把我像一头猫似的放在口袋里吊起来，叫大家用箭射我；谁把我射中了，你们可以拍拍他的肩膀，夸奖他是个好汉子。

彼德罗　好，咱们等着瞧吧；有一天野牛也会俯首就轭的。

培尼狄克　野牛也许会俯首就轭，可是有理性的培尼狄克要是也会钻上圈套，那么请您把牛角拔下来，插在我的额角上吧；我可以让你们把我涂上油彩，像人家写"好马出租"一样替我用大字写好一块招牌，招牌上这么说："请看结了婚的培尼狄克。"

克劳狄奥　要是真的把你这样，你一定要气得把你的一股牛劲儿

无事生非

都使出来了。

彼德罗　嘿，要是丘匹德没有把他的箭在威尼斯一起放完，他会叫你知道他的厉害的。

培尼狄克　那时候一定要天翻地覆啦。

彼德罗　好，咱们等着瞧吧。现在，好培尼狄克，请你到里奥那托那儿去，替我向他致意，对他说晚餐的时候我一定准时出席，因为他已经费了不少手脚在那儿预备呢。

培尼狄克　如此说来，我还有脑子办这件差使，所以我想敬请——

克劳狄奥　大安，自家中发——

彼德罗　七月六日，培尼狄克谨上。

培尼狄克　嗳，别开玩笑啦。你们讲起话来，老是这么支离破碎，不成片段，要是你们还要把这种滥调搬弄下去，请你们问问自己的良心吧，我可要失陪了。（下。）

克劳狄奥　殿下，您现在可以帮我一下忙。

彼德罗　咱们是好朋友，你有什么事尽管吩咐我；无论它是多么为难的事，我都愿意竭力帮助你。

克劳狄奥　殿下，里奥那托有没有儿子？

彼德罗　没有，希罗是他唯一的后嗣。你喜欢她吗，克劳狄奥？

克劳狄奥　啊，殿下，当我们向战场出发的时候，我用一个军人的眼睛望着她，虽然中心羡慕，可是因为有更艰巨的工作在我面前，来不及顾到儿女私情；现在我回来了，战争的思想已经离开我的脑中，代替它的是一缕缕的柔情，它们指点我年轻的希罗是多么美丽，对我说，我在出征以前就已经爱上她了。

彼德罗　看你样子快要像个恋人似的，动不动用长篇大论叫人听着腻烦了。要是你果然爱希罗，你就爱下去吧，我可以替你向她和她的父亲说去，一定叫你如愿以偿。你向我转弯抹角地说了这一大堆，不就是为了这个目的吗？

克劳狄奥　您这样鉴貌辨色，真是医治相思的妙手！可是人家也许以为我一见钟情，未免过于孟浪，所以我想还是慢慢儿再说吧。

彼德罗　造桥只要量着河身的阔度就成，何必过分铺张呢？做事情也只要按照事实上的需要；凡是能够帮助你达到目的的，就是你所应该采取的手段。你现在既然害着相思，我可以给你治相思的药饵。我知道今晚我们将要有一个假面跳舞会：我可以化装一下冒充着你，对希罗说我是克劳狄奥，当着她的面前倾吐我的心曲，用动人的情话迷惑她的耳朵；然后我再替你向她的父亲传达你的意思，结果她一定会属你所有。让我们立刻着手进行吧。（同下。）

第二场　里奥那托家中一室

里奥那托及安东尼奥自相对方向上。

里奥那托　啊，贤弟！我的侄儿，你的儿子呢？他有没有把乐队准备好？

安东尼奥　他正在那儿忙着呢。可是，大哥，我可以告诉你一些新鲜的消息，你做梦也想不到的。

里奥那托　是好消息吗？

安东尼奥　那要看事情的发展而定；可是从外表上看起来，那是个很好的消息。亲王跟克劳狄奥伯爵刚才在我的花园里一条树荫浓密的小路上散步，他们讲的话给我的一个用人听见了许多：亲王告诉克劳狄奥，说他爱上了我的侄女，你的女儿，想要在今晚跳舞的时候向她倾吐衷情；要是她表示首肯，他就要抓住眼前的时机，立刻向你提起这件事情。

里奥那托　告诉你这个消息的家伙，是不是个有头脑的人？

安东尼奥　他是一个很机灵的家伙；我可以去叫他来，你自己问问他。

里奥那托　不，不，在事情没有证实以前，我们只能当它是场幻梦；可是我要先去通知我的女儿一声，万一真有那么一回事，她也好预先准备准备怎样回答。你去告诉她吧。（若干人穿过舞台）各位侄儿，记好你们分内的事。啊，对不起，朋友，跟我一块儿去吧，我还要仰仗您的大力哩。贤弟，在大家手忙脚乱的时候，请你留心照看照看。（同下。）

第三场　里奥那托家中的另一室

唐·约翰及康拉德上。

康拉德　嗳哟，我的爷！您为什么这样闷闷不乐？

约翰　我的烦闷是茫无涯际的，因为不顺眼的事情太多啦。

康拉德　您应该听从理智的劝告才是。

约翰　听从了理智的劝告，又有什么好处呢？

康拉德　即使不能立刻医好您的烦闷，至少也可以教您怎样安心忍耐。

约翰　我真不懂像你这样一个自己说是土星照命的人①，居然也会用道德的箴言来医治人家致命的沉疴。我不能掩饰我自己的为人：心里不快活的时候，我就沉下脸来，决不会听了人家的嘲谑而陪着笑脸；肚子饿了我就吃，决不理会人家是否方便；精神疲倦了我就睡，决不管人家的闲事；心里高兴我就笑，决不去窥探人家的颜色。

康拉德　话是说得不错，可是您现在是在别人的约束之下，总不能完全照着您自己的心意行事。最近您跟王爷闹过别扭，你们兄弟俩言归于好还是不久的事，您要是不格外陪些小心，那么他现在对您的种种恩宠，也是靠不住的；您必须自己造成一个机会，然后才可以达到您的目的。

约翰　我宁愿做一朵篱下的野花，不愿做一朵受他恩惠的蔷薇；与其逢迎献媚，偷取别人的欢心，宁愿被众人所鄙弃；我固然不是一个善于阿谀的正人君子，可是谁也不能否认我是一个正大光明的小人，人家用口套罩着我的嘴，表示对我信任，用木桩系住我的脚，表示给我自由；关在笼子里的我，还能够唱歌吗？要是我有嘴，我就要咬人；要是我有自由，我就要做我欢喜做的事。现在你还是让我保持我的本来面目，不要设法改变它吧。

康拉德　您不能利用您的不平之气来干一些事情吗？

约翰　我把它尽量利用着呢　因为它是我的唯一的武器。谁来啦？

---

①西方星相家的说法，谓土星照命的人，性格必阴沉忧郁。

无事生非

波拉契奥上。

约翰　有什么消息，波拉契奥？

波拉契奥　我刚从那边盛大的晚餐席上出来，王爷受到了里奥那托十分隆重的款待；我还可以告诉您一件正在计划中的婚事的消息哩。

约翰　我们可以在这上面出个主意跟他们捣乱捣乱吗？那个愿意自讨麻烦的傻瓜是谁？

波拉契奥　他就是王爷的右手。

约翰　谁？那个最最了不得的克劳狄奥吗？

波拉契奥　正是他。

约翰　好家伙！那个女的呢？他看中了哪一个？

波拉契奥　里奥那托的女儿和继承人希罗。

约翰　一只早熟的小母鸡！你怎么知道的？

波拉契奥　他们叫我去用香料把屋子熏一熏，我正在那儿熏一间发霉的房间，亲王跟克劳狄奥两个人手搀手走了进来，郑重其事地在商量着什么事情；我就把身子闪到屏风后面，听见他们约定由亲王出面去向希罗求婚，等她答应以后，就把她让给克劳狄奥。

约翰　来，来，咱们到那边去；也许我可以借此出出我的一口怨气。自从我失势以后，那个年轻的新贵出足了风头；要是我能够叫他受些挫折，也好让我拍手称快。你们两人都愿意帮助我，不会变心吗？

康拉德、波拉契奥　我们愿意誓死为爵爷尽忠。

约翰　让我们也去参加那盛大的晚餐吧；他们看见我的屈辱，一定格外高兴。要是厨子也跟我抱着同样的心理就好了！我们要不要先计划一下怎样着手进行？

波拉契奥　我们愿意待候您的旨意。（同下。）

无
事
生
非

第二幕

第一场　里奥那托家中的厅堂

里奥那托、安东尼奥、希罗、贝特丽丝及余人等同上。

里奥那托　约翰伯爵有没有在这儿吃晚饭？

安东尼奥　我没有看见他。

贝特丽丝　那位先生的面孔多么阴沉！我每一次看见他，总要有一个时辰心里不好过。

希罗　他有一种很忧郁的脾气。

贝特丽丝　要是把他跟培尼狄克折衷一下，那就是个顶好的人啦：一个太像泥塑木雕似的，老是一言不发；一个却像骄纵惯了的小少爷，咭咧呱喇地吵个不停。

里奥那托　那么把培尼狄克先生的半条舌头放在约翰伯爵的嘴里，把约翰伯爵的半副心事面孔装在培尼狄克先生脸上——

贝特丽丝　叔叔，再加上一双好腿，一对好脚，袋里有几个钱，这样一个男人，世上无论哪个女人都愿意嫁给他的——要是他能够得到她的欢心的话。

里奥那托　真的，侄女，你要是说话这样刻薄，我看你一辈子也嫁不出去的。

安东尼奥　可不是，她这张嘴尖利得过了分。

贝特丽丝　尖利过了分就算不得尖利，那么"尖嘴姑娘嫁一个矮脚郎"这句话可落不到我头上来啦。

里奥那托　那是说，上帝干脆连一个"矮脚郎"都不送给你啦。

贝特丽丝　谢天谢地！我每天早晚都在跪求上帝，我说主啊！叫我嫁给一个脸上出胡子的丈夫，就是怎么也受不了的，还是让我睡在毛毯里吧！

里奥那托　你可以拣一个没有胡子的丈夫。

贝特丽丝　我要他来做什么呢？叫他穿起我的衣服来，让他做我的侍女吗？有胡子的人年纪一定不小了，没有胡子的人，算不得须眉男子；我不要一个老头子做我的丈夫，也不愿意嫁给一个没有丈夫气的男人。人家说，老处女死了要在地狱里牵猴子；所以还是让我把六便士的保证金交给动物园里的看守，把他的猴子牵下地狱去吧。

里奥那托　好，那么你决心下地狱吗？

贝特丽丝　不，我刚走到门口，头上出角的魔鬼就像个老忘八似的，出来迎接我，说，"您到天上去吧，贝特丽丝，您到天上去吧；这儿不是你们姑娘家住的地方。"所以我就把猴子交给他，到天上去见圣彼得了；他指点我单身汉在什么地方，我们就在那儿快快乐乐地过日子。

无事生非

安东尼奥 （向希罗）好，侄女，我相信你一定听你父亲的话。

贝特丽丝 是的，我的妹妹应该懂得规矩，先行个礼儿，说，"父亲，您看怎么办，就怎么办吧。"可是虽然这么说，妹妹，他一定要是个漂亮的家伙才好，否则你还是再行个礼儿，说，"父亲，这可要让我自己作主了。"

里奥那托 好，侄女，我希望看见你有一天嫁到一个丈夫。

贝特丽丝 男人都是泥做的，我不要。一个女人要把她的终身付托给一块顽固的泥土，还要在他面前低头伏小，岂不倒霉！不，叔叔，亚当的儿子都是我的兄弟，跟自己的亲族结婚是一件罪恶哩。

里奥那托 女儿，记好我对你说的话；要是亲王真的向你提出那样的请求，你知道你应该怎样回答他。

贝特丽丝 妹妹，要是对方向你求婚求得不是时候，那毛病一定出在音乐里了——要是那亲王太冒失，你就对他说，什么事情都应该有个节拍；你就拿跳舞作为回答。听我说，希罗，求婚、结婚和后悔，就像是苏格兰急舞、慢步舞和五步舞一样：开始求婚的时候，正像苏格兰急舞一样狂热，迅速而充满幻想；到了结婚的时候，循规蹈矩的，正像慢步舞一样，拘泥着仪式和虚文；于是接着来了后悔，拖着疲乏的脚腿，开始跳起五步舞来，愈跳愈快，一直跳到精疲力尽，倒在坟墓里为止。

里奥那托 侄女，你的观察倒是十分深刻。

贝特丽丝 叔叔，我的眼光很不错哩——我能够在大白天看清一座教堂呢。

里奥那托 贤弟，跳舞的人进来了，咱们让开吧。

　　　　　唐·彼德罗、克劳狄奥、培尼狄克、鲍尔萨泽、康·约
　　翰、波拉契奥、玛格莱特、欧苏拉及余人等各戴假面上。

彼德罗　姑娘，您愿意陪着您的朋友走走吗？

希罗　您要是轻轻儿走，态度文静点儿，也不说什么话，我就愿
　　　　意奉陪；尤其是当我要走出去的时候。

彼德罗　您要不要我陪着您一块儿出去呢？

希罗　我要是心里高兴，我可以这样说。

彼德罗　您什么时候才高兴这样说呢？

希罗　当我看见您的相貌并不讨厌的时候；但愿上帝保佑琴儿不
　　　　像琴囊一样难看！

彼德罗　我的脸罩就像菲利蒙的草屋，草屋里面住着天神乔武。①

希罗　那么您的脸罩上应该盖起茅草来才是。

彼德罗　讲情话要低声点儿。〔拉希罗至一旁。〕

鲍尔萨泽　好，我希望您欢喜我。

玛格莱特　为了您的缘故，我到不敢这样希望，因为我有许多缺
　　　　点哩。

鲍尔萨泽　可以让我略知一二吗？

玛格莱特　我念起祷告来，总是提高了嗓门。

鲍尔萨泽　那我更加爱您了；高声念祷告，人家听见了就可以喊
　　　　阿门。

玛格莱特　求上帝赐给我一个好舞伴！

---

　　①菲利蒙（Philemon）是弗里吉亚（Phrygia）的一个穷苦老人，天
神乔武（Jove）乔装凡人，遨游世间，借宿在他的草屋里，菲利蒙和他
的妻子招待尽礼，天神乃将其草屋变成殿宇。

无事生非

鲍尔萨泽　阿门！

玛格莱特　求上帝，等到跳完舞，让我再也不要看见他！您怎么不说话了呀，执事先生？

鲍尔萨泽　别多讲啦，执事先生已经得到他的答复了。

欧苏拉　我认识您；您是安东尼奥老爷。

安东尼奥　干脆一句话，我不是。

欧苏拉　我瞧您摇头摆脑的样子，就知道是您啦。

安东尼奥　老实告诉你吧，我是学着他的样子的。

欧苏拉　您倘不是他，决不会把他那种怪样子学得这么维妙维肖。这一只干瘪的手不正是他的？您一定是他，您一定是他。

安东尼奥　干脆一句话，我不是。

欧苏拉　算啦算啦，像您这样能言善辩，您以为我不能一下子听出来，除了您没有别人吗？一个人有了好处，难道遮掩得了吗？算了吧，别多话了，您正是他，不用再抵赖了。

贝特丽丝　您不肯告诉我谁对您说这样的话吗？

培尼狄克　不，请您原谅我。

贝特丽丝　您也不肯告诉我您是谁吗？

培尼狄克　现在不能告诉您。

贝特丽丝　说我目中无人，说我的俏皮话儿都是从笑话书里偷下来的；哼，这一定是培尼狄克说的话。

培尼狄克　他是什么人？

贝特丽丝　我相信您一定很熟悉他的。

培尼狄克　相信我，我不认识他。

贝特丽丝　他没有叫您笑过吗？

培尼狄克　请您告诉我，他是什么人？

贝特丽丝 他呀，他是亲王手下的弄人，一个语言无味的傻瓜；他的唯一的本领，就是捏造一些无稽的谣言。只有那些胡调的家伙才会喜欢他，可是他们并不赏识他的机智，只是赏识他的奸刁；他一方面会讨好人家，一方面又会惹人家生气，所以他们一面笑他，一面打他。我想他一定在人丛里；我希望他会碰到我！

培尼狄克 等我认识了那位先生以后，我可以把您说的话告诉他。

贝特丽丝 很好，请您一定告诉他。他听见了顶多不过把我侮辱两句；要是人家没有注意到他的话，或者听了笑也不笑，他就要郁郁不乐，这样就可以有一块鹧鸪的翅膀省下来啦，因为这傻瓜会气得不吃晚饭的。（内乐声）我们应该跟随领队的人。

培尼狄克 一个人万事都该跟着人家走。

贝特丽丝 不，要是领头的先不懂规矩，那么到下一个转弯，我就把他摔掉了。

跳舞。除唐·约翰、波拉契奥及克劳狄奥外皆下。

约翰 我的哥哥真的给希罗迷住啦；他已经拉着她的父亲，去把他的意思告诉他了。女人们都跟着她去了，只有一个戴假面的人留着。

波拉契奥 那是克劳狄奥；我从他的神气上认得出来。

约翰 您不是培尼狄克先生吗？

克劳狄奥 您猜得不错，我正是他。

约翰 先生，您是我的哥哥亲信的人，他现在迷恋着希罗，请您劝劝他打断这一段痴情，她是配不上他这样家世门第的；您要是肯这样云劝他，才是尽一个朋友的正道。

无事生非

克劳狄奥　您怎么知道他爱着她？

约翰　我听见他发过誓申说他的爱情了。

波拉契奥　我也听见；他刚才发誓说要跟她结婚。

约翰　来，咱们喝酒去吧。（约翰、波拉契奥同下。）

克劳狄奥　我这样冒认着培尼狄克的名字，却用克劳狄奥的耳朵听见了这些坏消息。事情一定是这样；亲王是为他自己去求婚的。友谊在别的事情上都是可靠的，在恋爱的事情上却不能信托；所以恋人们都是用他们自己的唇舌。谁生着眼睛，让他自己去传达情愫吧，总不要请别人代劳；因为美貌是一个女巫，在她的魔力之下，忠诚是会在热情里溶解的。这是一个每一个时辰里都可以找到证明的例子，毫无怀疑的余地。那么永别了，希罗！

　　　　培尼狄克重上。

培尼狄克　是克劳狄奥伯爵吗？

克劳狄奥　正是。

培尼狄克　来，您跟着我来吧。

克劳狄奥　到什么地方去？

培尼狄克　到最近的一棵杨柳树底下去①，伯爵，为了您自己的事。您欢喜把花圈怎样戴法？是把它套在您的头颈上，像盘剥重利的人套着的锁链那样呢，还是把它串在您的胳膊底下，像一个军官的肩带那样？您一定要把它戴起来，因为您的希罗已经给亲王夺去啦。

克劳狄奥　我希望他姻缘美满！

---

①杨柳树是悲哀和失恋的象征。

培尼狄克　嗳哟，听您说话的神气，简直好像一个牛贩子卖掉了一匹牛似的。可是您想亲王会这样对待您吗？

克劳狄奥　请你让我一个人呆在这儿吧。

培尼狄克　哈！现在您又变成一个不问是非的瞎子了；小孩子偷了您的肉去，您却去打一根柱子。

克劳狄奥　你要是不肯走开，那么我走了。（下。）

培尼狄克　唉，可怜的受伤的鸟儿！现在他要爬到芦苇里去了。可是想不到咱们那位贝特丽丝小姐居然会见了我认不出来！亲王的弄人！嘿？也许因为人家瞧我喜欢说笑，所以背地里这样叫我；可是我要是这样想，那就是自己看轻自己了；不，人家不会这样叫我，这都是贝特丽丝凭着她那下流刻薄的脾气，把自己的意见代表着众人，随口编造出来毁谤我的。好，我一定要向她报复此仇。

唐·彼德罗重上。

彼德罗　培尼狄克，伯爵呢？你看见他了吗？

培尼狄克　不瞒殿下说，我已经做过一个搬弄是非的长舌妇了。我看见他像猎园里的一座小屋似的，一个人孤零零地在这儿发呆，我就对他说——我想我对他说的是真话——您已经得到这位姑娘的芳心了。我说我愿意陪着他到一株杨柳树底下去；或者给他编一个花圈，表示被弃的哀思；或者给他扎起一条藤鞭来，因为他有该打的理由。

彼德罗　该打！他做错了什么事？

培尼狄克　他犯了一个小学生的过失，因为发现了一窠小鸟，高兴非常，指点给他的同伴看见，让他的同伴把它偷去了。

彼德罗　你把信任当做一种过失吗？偷的人才是有罪的。

无事生非

培尼狄克　可是他把藤鞭和花圈扎好，总是有用的；花圈可以给他自己戴，藤鞭可以赏给您。照我看来，您就是把他那窠小鸟偷去的人。

彼德罗　我不过是想教它们唱歌，教会了就把它们归还原主。

培尼狄克　那么且等它们唱的歌儿来证明您的一片好心吧。

彼德罗　贝特丽丝小姐在生你的气；陪她跳舞的那位先生告诉她你说了她许多坏话。

培尼狄克　啊，她才把我侮辱得连一块顽石都要气得直跳起来呢！一株秃得只剩一片青叶子的橡树，也会忍不住跟她拌嘴；就是我的脸罩也差不多给她骂活了，要跟她对骂一场哩。她不知道在她面前的就是我自己，对我说，我是亲王的弄人，我比融雪的天气还要无聊；她用一连串恶毒的讥讽，像乱箭似的向我射了过来，我简直变成了一个箭垛啦。她的每一句话都是一把钢刀，每一个字都刺到人心里；要是她嘴里的气息跟她的说话一样恶毒，那一定无论什么人走近她身边都不能活命的；她的毒气会把北极星都熏坏呢。即使亚当把他没有犯罪以前的全部家产传给她，我也不愿意娶她做妻子；她会叫赫剌克勒斯①给她烤肉，把他的棍子劈碎了当柴烧的。好了，别讲她了。她就是母夜叉的变相，但愿上帝差一个有法力的人来把她一道咒赶回地狱里去，因为她一天留在这世上，人家就会觉得地狱里简直清静得像一座洞天福地，大家为了希望下地狱，都会故意犯起罪来，所以一切的混乱、恐怖、纷扰，都跟着她一起

---

①赫剌克勒斯（Hercules），希腊神话中著名英雄。

来了。

彼德罗　瞧，她来啦。

　　　　　克劳狄奥、贝特丽丝、希罗及里奥那托重上。

培尼狄克　殿下有没有什么事情要派我到世界的尽头去？我现在愿意到地球的那一边云，给您干无论哪一件您所能想得到的最琐细的差使：我愿意给您从亚洲最远的边界上拿一根牙签回来；我愿意给您到埃塞俄比亚去量一量护法王约翰的脚有多少长；我愿意给您去从蒙古大可汗的脸上拔下一根胡须，或者到朱儒国里去办些无论什么事情；可是我不愿意跟这妖精谈三句话儿。您没有什么事可以给我做吗？

彼德罗　没有，我要请你陪着我。

培尼狄克　啊，殿下，这是强人所难了；我可受不住咱们这位尖嘴的小姐。（下。）

彼德罗　来，小姐，来，你伤了培尼狄克先生的心啦。

贝特丽丝　是吗，殿下？开头儿，他为了开心，把心里话全都"开诚布公"；承蒙他好意，我就不好意思不加上旧欠，算上利息，回算他一片心，叫他"开心"之后加倍"双"心；所以您说他"伤"心，可也有道理。

彼德罗　你把他按下去了，小姐，你算把他按下去了。

贝特丽丝　我能让他来把我按倒吗，殿下？我能让一群傻小子来叫我傻大娘吗？您叫我去找克劳狄奥伯爵来，我已经把他找来了。

彼德罗　啊，怎么，伯爵！你为什么这样不高兴？

克劳狄奥　没有什么不高兴，殿下。

彼德罗 那么害病了吗？

克劳狄奥 也不是，殿下。

贝特丽丝 这位伯爵无所谓高兴不高兴，也无所谓害病不害病；您瞧他皱着眉头，也许他吃了一只酸橘子，心里头有一股酸溜溜的味道。

彼德罗 真的，小姐，我想您把他形容得很对；可是我可以发誓，要是他果然有这样的心思，那就错了。来，克劳狄奥，我已经替你向希罗求过婚，她已经答应了；我也已经向她的父亲说起，他也表示同意了；现在你只要选定一个结婚的日子，愿上帝给你快乐！

里奥那托 伯爵，从我手里接受我的女儿，我的财产也随着她一起传给您了。这门婚事多仗殿下鼎力，一定能够得到上天的嘉许！

贝特丽丝 说呀，伯爵，现在要轮到您开口了。

克劳狄奥 静默是表示快乐的最好的方法；要是我能够说出我的心里多么快乐，那么我的快乐只是有限度的。小姐，您现在既然已经属于我，我也就是属于您的了；我把我自己跟您交换，我要把您当作瑰宝一样珍爱。

贝特丽丝 说呀，妹妹；要是你不知道说些什么话好，你就用一个吻堵住他的嘴，让他也不要说话。

彼德罗 真的，小姐，您真会说笑。

贝特丽丝 是的，殿下；也幸亏是这样，我这可怜的傻子才从来不知道有什么心事。我那妹妹附着他的耳朵，在那儿告诉他她的心里有着他呢。

克劳狄奥 她正是这么说，姊姊。

贝特丽丝　天哪，真好亲热！人家一个个嫁了出去，只剩我一个人年老珠黄；我还是躲在壁角里，哭哭自己的没有丈夫吧！

彼德罗　贝特丽丝小姐，我来给你找一个吧。

贝特丽丝　要是我来给自己挑一个，我愿意做您的老太爷的儿子的媳妇儿。难道殿下没有个兄弟长得就跟您一个模样的？他老人家的儿子才是理想的丈夫——可惜女孩儿不容易接近他们。

彼德罗　您愿意嫁给我吗，小姐？

贝特丽丝　不，殿下，除非我可以再有一个家常用的丈夫；因为您是太贵重啦，只好留着在星期日装装场面。可是我要请殿下原谅，我这一张嘴是向来胡说惯的，没有一句正经。

彼德罗　您要是不声不响，我才要恼哪；这样说说笑笑，正是您的风趣本色。我想您一定是在一个快乐的时辰里出世的。

贝特丽丝　不，殿下，我的妈哭得才苦呢；可是那时候刚巧有一颗星在跳舞，我就在那颗星底下生下来了。妹妹，妹夫，愿上帝给你们快乐！

里奥那托　侄女，你肯不肯去把我对你说起过的事情办一办？

贝特丽丝　对不起，叔叔。殿下，恕我失陪了。（下。）

彼德罗　真是一个快乐的小姐。

里奥那托　殿下，她身上找不出一丝丝的忧愁；除了睡觉的时候，她从来不曾板起过脸孔；就是在睡觉的时候，她也还是嘻嘻哈哈的，因为我曾经听见小女说起，她往往会梦见什么淘气的事情，把自己笑醒来。

彼德罗　她顶不喜欢听见人家向她谈起丈夫。

无事生非

里奥那托 啊，她听都不要听；向她求婚的人，一个个都给她嘲笑得退缩回去啦。

彼德罗 要是把她配给培尼狄克，倒是很好的一对。

里奥那托 嗳哟！殿下，他们两人要是结了婚一个星期，准会吵疯了呢。

彼德罗 克劳狄奥伯爵，你预备什么时候上教堂？

克劳狄奥 就是明天吧，殿下；在爱情没有完成它的一切仪式以前，时间总是走得像一个扶着拐杖的跛子一样慢。

里奥那托 那不成，贤婿，还是等到星期一吧，左右也不过七天工夫；要是把事情办得一切都称我的心，这几天日子还嫌太局促了些。

彼德罗 好了，别这么摇头长叹啦；克劳狄奥，包在我身上，我们要把这段日子过得一点也不沉闷。我想在这几天内干一件非常艰辛的工作；换句话说，我要叫培尼狄克先生跟贝特丽丝小姐彼此热恋起来。我很想把他们两人配成一对；要是你们三个人愿意听我的吩咐，帮着我一起进行这件事情，那是一定可以成功的。

里奥那托 殿下，我愿意全力赞助，即使叫我十个晚上不睡觉都可以。

克劳狄奥 我也愿意出力，殿下。

彼德罗 温柔的希罗，您也愿意帮帮忙吗？

希罗 殿下，我愿意尽我的微力，帮助我的姊姊得到一位好丈夫。

彼德罗 培尼狄克并不是一个没有出息的丈夫。至少我可以对他说这几句好话：他的家世是高贵的；他的勇敢、他的正直，都是大家所公认的。我可以教您用怎样的话打动令姊的心，叫她对培尼狄克发生爱情；再靠着你们两位的合作，我只要向培尼狄克略施小计，凭他怎样刁钻古怪，不怕他不爱上贝特丽丝。要是我们能够把这件事情做成功，丘匹德也可以不用再射他的箭啦；他的一切的光荣都要属于我们，因为我们才是真正的爱神。跟我一块儿进去，让我把我的计划告诉你们。（同下。）

第二场　里奥那托家中的另一室

唐·约翰及波拉契奥上。

约翰　果然是这样，克劳狄奥伯爵要跟里奥那托的女儿结婚了。

波拉契奥　是，爵爷；可是我有法子破坏他们。

约翰　无论什么破坏、阻挠、捣乱的手段，都可以替我消一消心头的闷气；我把他恨得什么似的，只要能够打破他的恋爱的美梦，什么办法我都愿意采取。你想怎样破坏他们的婚姻呢？

波拉契奥　不是用正当的手段，爵爷；可是我会把事情干得十分周密，让人家看不出破绽来。

约翰　把你的计策简单告诉我一下。

波拉契奥　我想我在一年以前，就告诉过您我跟希罗的侍女玛格莱特相好了。

约翰　我记得。

波拉契奥　我可以约她在夜静更深的时候，在她小姐闺房里的窗口等着我。

无事生非

约翰　这是什么用意？怎么就可以把他们的婚姻破坏了呢？

波拉契奥　毒药是要您自己配合起来的。您去对王爷说，他不该叫克劳狄奥这样一位赫赫有名的人物——您可以拚命抬高他的身价——去跟希罗那样一个下贱的女人结婚；您尽管对他说，这一次的事情对于他的名誉一定大有影响。

约翰　我有什么证据可以提出呢？

波拉契奥　有，有，一定可以使亲王受骗，叫克劳狄奥懊恼，毁坏了希罗的名誉，把里奥那托活活气死：这不正是您所希望得到的结果吗？

约翰　为了发泄我对他们这批人的气愤，什么事情我都愿意试一试。

波拉契奥　那么很好，找一个适当的时间，您把亲王跟克劳狄奥拉到一处没有旁人的所在，告诉他们说您知道希罗跟我很要好；您可以假意装出一副对亲王和他的朋友的名誉十分关切的样子，因为这次婚姻是亲王一手促成，现在克劳狄奥将要娶到一个已非完璧的女子，您不忍坐视他们受人之愚，所以不能不把您所知道的告诉他们。他们听了这样的话，当然不会就此相信；您就向他们提出真凭实据，把他们带到希罗的窗下，让他们看见我站在窗口，听我把玛格莱特叫做希罗，听玛格莱特叫我波拉契奥。就在预定的婚期的前一个晚上，您带着他们看一看这幕把戏，我可以预先设法把希罗调开；他们见到这种似乎是千真万确的事实，一定会相信希罗果真是一个不贞的女子，在妒火中烧的情绪下决不会作冷静的推敲，这样他们的一切准备就可以全部推翻了。

约翰　不管它会引起怎样不幸的后果，我要把这计策实行起来。你给我用心办理，我赏你一千块钱。

波拉契奥　您只要一口咬定，我的诡计是不会失败的。

约翰　我就去打听他们的婚期。（同下。）

第三场　里奥那托的花园

　　　　　培尼狄克上。

培尼狄克　童儿！

　　　　　小童上。

小童　大爷叫我吗？

培尼狄克　我的寝室窗口有一本书，你去给我拿到这儿花园里来。

小童　大爷，您瞧，我不是已经来了吗？

培尼狄克　我知道你来啦，可是我要你先到那边走一遭之后再来呀。（小童下）我真不懂一个人明明知道沉迷在恋爱里是一件多么愚蠢的事，可是在讥笑他人的浅薄无聊以后，偏偏会自己打自己的耳光，照样跟人家闹起恋爱来；克劳狄奥就是这种人。从前我认识他的时候，战鼓和军笛是他的唯一的音乐；现在他却宁愿听小鼓和洞箫了。从前他会跑十哩路去看一身好甲胄；现在他却会接连十个晚上不睡觉，为了设计一身新的紧身衣的式样。从前他说起话来，总是直捷爽快，像个老老实实的军人；现在他却变成了个老学究，满嘴都是些希奇古怪的话儿。我会不会眼看自己也变得像他一样呢？我不知道；我想不至于。我不敢说爱情不

无事生非

会叫我变成一个牡蛎；可是我可以发誓，在它没有把我变成牡蛎以前，它一定不能叫我变成这样一个傻瓜。好看的女人，聪明的女人，贤惠的女人，我都碰见过，可是我还是个原来的我；除非在一个女人身上能够集合一切女人的优点，否则没有一个女人会中我的意的。她一定要有钱，这是不用说的；她必须聪明，不然我就不要；她必须贤惠，不然我也不敢领教；她必须美貌，不然我看也不要看她；她必须温柔，否则不要叫她走近我的身；她必须有高贵的人品，否则我不愿花十先令把她买下来；她必须会讲话，精音乐，而且她的头发必须是天然的颜色。哈！亲王跟咱们这位多情种子来啦！让我到凉亭里去躲他一躲。（退后。）

　　唐·彼德罗、里奥那托、克劳狄奥同上；鲍尔萨泽及众乐工随上。

彼德罗　来，我们要不要听听音乐？

克劳狄奥　好的，殿下。暮色是多么沉寂，好像故意静下来，让乐声格外显得谐和似的！

彼德罗　你们看见培尼狄克躲在什么地方吗？

克劳狄奥　啊，看得很清楚，殿下；等音乐停止了，我们要叫这小狐狸钻进我们的圈套。

彼德罗　来，鲍尔萨泽，我们要把那首歌再听一遍。

鲍尔萨泽　啊，我的好殿下，像我这样的坏嗓子，把好好的音乐糟蹋了一次，也就够了，不要再叫我献丑了吧！

彼德罗　越是本领超人一等，越是口口声声不满意自己的才能。请你唱起来吧，别让我向你再三求告了。

鲍尔萨泽　既蒙殿下如此错爱，我就唱了。有许多求婚的人，在开始求婚的时候，虽然明知道他的恋人没有什么可爱，仍旧会把她恭维得天花乱坠，发誓说他真心爱着她的。

彼德罗　好了好了，请你别说下去了；要是你还想发表什么意见，就放在歌里边唱出来吧。

鲍尔萨泽　在我未唱以前，先要声明一句：我唱的歌儿是一句也不值得你们注意的。

彼德罗　他在那儿净说些不值得注意的废话。（音乐。）

培尼狄克　（旁白）啊，神圣的曲调！现在他的灵魂要飘飘然起来了！几根羊肠绷起来的弦线，会把人的灵魂从身体里抽了出来，真是不可思议！其实说到底，还是吹号子最配我的胃口。

鲍尔萨泽　（唱）

　　不要叹气，姑娘，不要叹气，

　　男人们都是些骗子，

　　一脚在岸上，一脚在海里，

　　他天性是朝三暮四。

　　不要叹息，让他们去，

　　你何必愁眉不展？

　　收起你的哀丝怨绪，

　　唱一曲清歌婉转。

　　莫再悲吟，姑娘，莫再悲吟，

　　停住你沉重的哀音；

　　哪一个夏天不绿叶成荫？

　　哪一个男子不负心？

　　不要叹息，让他们去，

无事生非

你何必愁眉不展？

收起你的哀丝怨绪，

唱一曲清歌婉转。

彼德罗　真是一首好歌。

鲍尔萨泽　可是唱歌的人太不行啦，殿下。

彼德罗　哈，不，不，真的，你唱得总算过得去。

培尼狄克　（旁白）倘然他是一头狗叫得这样子，他们一定把他吊死啦；求上帝别让他的坏喉咙预兆着什么灾殃！与其听他唱歌，我宁愿听夜里的乌鸦叫，不管有什么祸事会跟着它一起来。

彼德罗　好，你听见了没有，鲍尔萨泽？请你给我们预备些好音乐，因为明天晚上我们要在希罗小姐的窗下弹奏。

鲍尔萨泽　我一定尽力办去，殿下。

彼德罗　很好，再见。（鲍尔萨泽及乐工等下）过来，里奥那托。您今天对我怎么说，说是令侄女贝特丽丝在恋爱着培尼狄克吗？

克劳狄奥　啊！是的。（向彼德罗旁白）小心，小心，鸟儿正在那边歇着呢。——我再也想不到那位小姐会爱上什么男人的。

里奥那托　我也是出于意料之外；尤其想不到的是她竟会对培尼狄克这样一往情深，照外表上看起来，总像她把他当作冤家对头似的。

培尼狄克　（旁白）有这样的事吗？风会吹到那个角里去吗？

里奥那托　真的，殿下，这件事情简直使我莫名其妙；我只知道她爱得他像发狂一般。谁也万万想像不到会有这样的怪事。

彼德罗　也许她是假装着骗人的。

克劳狄奥　嗯，那倒也有几分可能。

里奥那托　上帝啊！假装出来的！我从来没有见过谁能把热情假装得像她这样逼真。

彼德罗　啊，那么她是怎样表示她的热情的呢？

克劳狄奥　（旁白）好好儿把钓钩放下去，鱼儿就要吞饵了。

里奥那托　怎样表示，殿下？她会一天到晚坐看出神；（向克劳狄奥）你听见过我的女儿怎样告诉你的。

克劳狄奥　她是这样告诉过我的。

彼德罗　怎么？怎么？你们说呀。你们让我奇怪死了；我以为像她那样的性格，是无论如何不会受到爱情袭击的。

里奥那托　殿下，我也可以跟人家赌咒说决不会有这样的事，尤其是对于培尼狄克。

培尼狄克　（旁白）倘不是这白须老头儿说的话，我一定会把它当作一场诡计；可是诡计是不会藏在这样庄严的外表之下的。

克劳狄奥　（旁白）他已经上了钩了，别让他溜走。

彼德罗　她有没有把她的衷情向培尼狄克表示出来？

里奥那托　不，她发誓说一定不让他知道；这是使她痛苦的最大原因。

克劳狄奥　对了，我听令嫒说她说过这样的话："我当着他的面前屡次把他讥笑，难道现在却要写信给他，说我爱他吗？"

里奥那托　她每次提起笔来要想写信给他，便这样自言自语；一个夜里她总要起来二十次，披了一件衬衫，写满了一张纸再睡下去。这都是小女告诉我们的。

无事生非

克劳狄奥　您说起一张纸，我倒记起令嫒告诉我的一个有趣的笑话来了。

里奥那托　啊！是不是说她写好了信，把它读了一遍，发现"培尼狄克"跟"贝特丽丝"两个名字刚巧写在一块儿？

克劳狄奥　正是。

里奥那托　啊！她把那封信撕成了一千片，把她自己痛骂了一顿，说她不应该这样不知羞耻，写信给一个她知道一定会把她嘲笑的人。她说，"我根据自己的脾气推想他；要是他写信给我，即使我心里爱他，我也还是要嘲笑他的。"

克劳狄奥　于是她跪在地上，痛哭流涕，捶着她的心，扯着她的头发，一面祈祷一面咒诅："啊，亲爱的培尼狄克！上帝呀，给我忍耐吧！"

里奥那托　她真是这样；小女就是这样说的。她这种疯疯癫癫、如醉如痴的神气，有时候简直使小女提心吊胆，恐怕她会对自己闹出些什么不顾死活的事情来呢。这些都是千真万确的。

彼德罗　要是她自己不肯说，那么叫别人去告诉培尼狄克知道也好。

克劳狄奥　有什么用处呢？他不过把它当作一桩笑话，叫这个可怜的姑娘格外难堪罢了。

彼德罗　他要是真的这样，那么吊死他也是一件好事。她是个很好的可爱的姑娘；她的品行也是无可疵议的。

克劳狄奥　而且她是个绝世聪明的人儿。

彼德罗　她什么都聪明，就是在爱培尼狄克这件事上不大聪明。

里奥那托　啊，殿下！智慧和感情在这么一个娇嫩的身体里交战，十之八九感情会得到胜利的，我是她的叔父和保护人，瞧着她这样子，心里真是难受。

彼德罗 我倒希望她把这样的痴情用在我身上；我一定会不顾一切，娶她做我的妻子的。依我看来，你们还是去告诉培尼狄克，听他怎么说。

里奥那托 您想这样会有用处吗?

克劳狄奥 希罗相信她迟早活不下去：因为她说要是他不爱她，她一定会死；可是她宁死也不愿让他知道她爱他；即使他来向她求婚，她也宁死不愿把她平日那种倔强的态度改变一丝一毫。

彼德罗 她的意思很对。要是她向他呈献了她的一片深情，多半反而要遭他奚落；因为你们都知道，这个人的脾气是非常骄傲的。

克劳狄奥 他是一个很漂亮的人。

彼德罗 他的确有一副很好的仪表。

克劳狄奥 凭良心说，他也很聪明。

彼德罗 他的确有几分小聪明。

里奥那托 我看他也很勇敢。

彼德罗 他是个大英雄哩；可是在碰到打架的时候，你就可以看到他的聪明所在，因为他总是小心翼翼地躲开，万一脱身不了，也是战战兢兢，像个好基督徒似的。

里奥那托 他要是敬畏上帝，当然应该跟人家和和气气；万一闹翻了，自然要惴惴不安的。

彼德罗 他正是这样；这家伙虽然一张嘴胡说八道，可是他倒的确敬畏上帝。好，我对于令侄女非常同情。我们要不要去找培尼狄克，把她的爱情告诉他？

克劳狄奥 别告诉他，殿下；还是让她好好地想一想，把这段痴心慢慢地淡下去吧。

里奥那托 不，那是不可能的；等到她觉悟过来，她的心早已碎了。

彼德罗 好，我们慢慢再等着听令嫒报告消息吧，现在暂时不用多讲了。我很欢喜培尼狄克；我希望他能够平心静气反省一下，看看他自己多么配不上这么一位好姑娘。

里奥那托 殿下，请吧。晚饭已经预备好了。

克劳狄奥 （旁白）要是他听见了这样的话，还不会爱上她，我以后再不相信我自己的预测。

彼德罗 （旁白）咱们还要给她设下同样的圈套，那可要请令嫒跟她的侍女多多费心了。顶有趣的一点，就是让他们彼此以为对方在恋爱着自己，其实却根本没有这么一回事儿；这就是我所希望看到的一幕哑剧。让我们叫她来请他进去吃饭吧。（彼德罗、克劳狄奥、里奥那托同下。）

培尼狄克 （自凉亭内走出）这不会是诡计；他们谈话的神气是很严肃的；他们从希罗嘴里听到了这一件事情，当然不会有假。他们好像很同情这姑娘；她的热情好像已经涨到最高度。爱我！嗳哟，我一定要报答她才是。我已经听见他们怎样批评我，他们说要是我知道了她在爱我，我一定会摆架子；他们又说她宁死也不愿把她的爱情表示出来。结婚这件事我倒从来没有想起过。我一定不要摆架子；一个人知道了自己的短处，能够改过自新，就是有福的。他们说这姑娘长得漂亮，这是真的，我可以为他们证明；说她品行很好，这也是事实，我不能否认；说她除了爱我以外，别的地方都是很聪明的，其实这一件事情固然不足表示她的聪明，可是也不能因此反证她的愚蠢，因为就是我也要从此为她颠倒哩。也许人家会向我冷嘲热讽，因为我一向都是讥笑着结婚的无聊；可是难道一个人的口味是不会改变的吗？年轻的时候喜欢吃肉，也许老来一闻到肉味道就要受不住。难道这种不关痛痒的舌丸唇弹，就可以把人吓退，叫他放弃他的决心吗？不，人类是不能让它绝种的。当初我说我要一生一世做个单身汉，那是因为我没有想到我会活到结婚的一天。贝特丽丝来了。天日在上，她是个美貌的姑娘！我可以从她脸上看出她几分爱我的意思来。

贝特丽丝上。

贝特丽丝　他们叫我来请您进去吃饭，可是这是违反我自己的意志的。

培尼狄克　好贝特丽丝，有劳玉驾，辛苦您啦，真是多谢。

贝特丽丝　我并没什么辛苦可以领受您的谢意，就像您这一声多谢并没有辛苦了您。要是这是一件辛苦的事，我也不会来啦。

培尼狄克　那么您是很乐意来叫我的吗？

贝特丽丝　是的，这乐意的程度可以让您在刀尖儿上挑得起来，可以塞进乌鸦的嘴里硬死它。您肚子不饿吧，先生？再见。（下。）

培尼狄克　哈！"他们叫我来请您进去吃饭，可是这是违反我自己的意志的。"这句话里含着双关的意义。"我并没什么辛苦可以领受您的谢意，就像您这一声多谢并没有辛苦了您。"

那等于说，我无论给您做些什么辛苦的事，都像说一声谢谢那样不费事。要是我不可怜她，我就是个混蛋；要是我不爱她，我就是个犹太人。我要向她讨一幅小像去。（下。）

第三幕

第一场　里奥那托的花园

希罗、玛格莱特及欧苏拉上。

希罗　好玛格莱特，你快跑到客厅里去，我的姊姊贝特丽丝正在那儿跟亲王和克劳狄奥讲话；你在她的耳边悄悄地告诉她，说我跟欧苏拉在花园里谈天，我们所讲的话都是关于她的事情；你说我们的谈话让你听到了，叫她偷偷地溜到给金银花藤密密地纠绕着的凉亭里；在那儿，繁茂的藤萝受着太阳的煦养，成长以后，却不许日光进来，正像一般凭借主子的势力作威作福的宠臣，一朝羽翼既成，却看不起那栽培他的恩人；你就叫她躲在那个地方，听我们说些什么话。这是你的事情，你好好地做去，让我们两个人在这儿。

玛格莱特　我一定叫她立刻就来。（下。）

无事生非

莎士比亚戏剧集

希罗 欧苏拉，我们就在这条路上走来走去；一等贝特丽丝来了，我们必须满嘴都讲的是培尼狄克：我一提起他的名字，你就把他恭维得好像走遍天下也找不到他这样一个男人似的；我就告诉你他怎样为了贝特丽丝害相思。我们就是这样用谎话造成丘匹德的一枝利箭，凭着传闻的力量射中她的心。

贝特丽丝自后上。

希罗 现在开始吧；瞧贝特丽丝像一只田凫似的，缩头缩脑地在那儿听我们谈话了。

欧苏拉 钓鱼最有趣的时候，就是瞧那鱼儿用她的金桨拨开银浪，贪馋地吞那陷人的美饵；我们也正是这样引诱贝特丽丝上钩。她现在已经躲在金银花藤的浓荫下面了。您放心吧，我一定不会讲错了话。

希罗 那么让我们走近她些，好让她的耳朵一字不漏地把我们给她安排下的诱人的美饵吞咽下去。（二人走近凉亭）不，真的，欧苏拉，她太高傲啦；我知道她的脾气就像山上的野鹰一样倔强豪放。

欧苏拉 可是您真的相信培尼狄克这样一心一意地爱着贝特丽丝吗？

希罗 亲王跟我的未婚夫都是这么说的。

欧苏拉 他们有没有叫您告诉她知道，小姐？

希罗 他们请我把这件事情告诉她；可是我劝他们悦，要是他们把培尼狄克当做他们的好朋友，就应该希望他从爱情底下挣扎出来，无论如何不要让贝特丽丝知道。

欧苏拉 您为什么对他们这样说呢？难道这位绅士就配不上贝特

136

丽丝小姐吗？

希罗　爱神在上，我也知道像他这样的人品是值得享受世间一切至美至好的事物的；可是造物造下的女人的心，没有一颗比得上像贝特丽丝那样骄傲冷酷的；轻蔑和讥嘲在她的眼睛里闪耀着，把她所看见的一切贬得一文不值，她因为自恃才情，所以什么都不放在她的眼里。她不会恋爱，也从来不想到有恋爱这件事；她是太自命不凡了。

欧苏拉　不错，我也是这样想；所以还是不要让她知道他对她的爱情，免得反而遭到她的讥笑。

希罗　是呀，你说得很对。无论怎样聪明、高贵、年轻、漂亮的男子，她总要把他批评得体无完肤：要是他面孔长得白净，她就发誓说这位先生应当做她的妹妹；要是他皮肤黑了点儿，她就说上帝在打一个小花脸的图样的时候，不小心涂上了一大块墨渍；要是他是个高个儿，他就是柄歪头的长枪；要是他是个矮子，他就是块刻坏了的玛瑙坠子；要是他多讲了几句话，他就是个随风转的风标；要是他一声不响，他就是块没有知觉的木头。她这样指摘着每一个人的短处，至于他的纯朴的德性和才能，她却绝口不给它们应得的赞赏。

欧苏拉　真的，这种吹毛求疵可不敢恭维。

希罗　是呀，像贝特丽丝这样古怪得不近人情，真叫人不敢恭维。可是谁敢去对她这样说呢？要是我对她说了，她会把我讥笑得无地自容，用她的俏皮话儿把我揶揄死呢！所以还是让培尼狄克像一堆盖在灰里的火一样，在叹息中熄灭了他的生命的残焰吧；与其受人讥笑而死——这就像痒得要死那样难熬——还是不声不响地闷死了好。

欧苏拉　可是告诉了她，听听她说些什么也好。

希罗　不，我想还是去劝劝培尼狄克，叫他努力斩断这一段痴情。真的，我想捏造一些关于我这位姊姊的谣言，一方面对她的名誉没有什么损害，一方面却可以冷了他的心；谁也不知道一句诽谤的话，会多么中伤人们的感情！

欧苏拉　啊！不要做这种对不起您姊姊的事。人家都说她心窍玲珑，她决不会糊涂到这个地步，会拒绝培尼狄克先生那样一位难得的绅士。

希罗　除了我的亲爱的克劳狄奥以外，全意大利找不到第二个像他这样的人来。

欧苏拉　小姐，请您别生气，照我看起来，培尼狄克先生无论在外表上，在风度上，在智力和勇气上，都可以在意大利首屈一指。

希罗　是的，他有一个很好的名誉。

欧苏拉　这也是因为他果然有过人的才德，所以才会得到这样的名誉。小姐，您的大喜在什么时候？

希罗　就在明天。来，进去吧；我要给你看几件衣服，你帮我决定明天最好穿哪一件。

欧苏拉　（旁白）她已经上了钩了；小姐，我们已经把她捉住了。

希罗　（旁白）要是果然这样，那么恋爱就是一个偶然的机遇；有的人被爱神用箭射中，有的人却自己跳进网罗。（希罗、欧苏拉同下。）

贝特丽丝　（上前）我的耳朵里怎么火一般热？果然会有这种事吗？难道我就让他们这样批评我的骄傲和轻蔑吗？去你的

吧，那种狂妄！再会吧，处女的骄傲！人家在你的背后，是不会说你好话的。培尼狄克，爱下去吧，我一定会报答你；我要把这颗狂野的心收束起来，呈献在你温情的手里。你要是真的爱我，我的转变过来的温柔的态度，一定会鼓励你把我们的爱情用神圣的约束结合起来。人家说你值得我的爱，可是我比人家更知道你的好处。（下。）

第二场　里奥那托家中一室

唐·彼德罗、克劳狄奥、培尼狄克、里奥那托同上。

彼德罗　我等你结了婚，就到阿拉贡去。

克劳狄奥　殿下要是准许我，我愿意伴送您到那边。

彼德罗　不，你正在新婚燕尔的时候，这不是太杀风景了吗？把一件新衣服给孩子看了，却不许他穿起来，那怎么可以呢？我只要培尼狄克愿意跟我作伴就行了。他这个人从头顶到脚跟，没有一点心事；他曾经两三次割断了丘匹德的弓弦，现在这个小东西再也不敢射他啦。他那颗心就像一只好钟一样完整无缺，他的一条舌头就是钟舌；心里一想到什么，便会打嘴里说出来。

培尼狄克　哥儿们，我已经不再是从前的我啦。

里奥那托　我也是这样说；我看您近来好像有些心事似的。

克劳狄奥　我希望他是在恋爱了。

彼德罗　哼，这没有调教的家伙，他的腔子里没有一丝真情，怎么会真的恋爱起来？要是他有了心事，那一定是因为没有钱用。

培尼狄克　我牙痛。

彼德罗　拔掉它呀。

培尼狄克　去他妈的吧！

克劳狄奥　你要去他妈的，先得拔掉它呀。

彼德罗　啊！为了牙齿痛才这样长吁短叹吗？

里奥那托　只是因为出了点脓水，或者一个小虫儿在作怪吗？

培尼狄克　算了吧，痛在别人身上，谁都会说风凉话的。

克劳狄奥　可是我说，他是在恋爱了。

彼德罗　他一点也没有痴痴癫癫的样子，就是喜欢把自己打扮得奇形怪状：今天是个荷兰人，明天是个法国人；有时候同时做了两个国家的人，下半身是个套着灯笼裤的德国人，上半身是个不穿紧身衣的西班牙人。除了这一股无聊的傻劲儿以外，他并没有什么反常的地方，可以证明像你说的那样是在恋爱。

克劳狄奥　要是他没有爱上什么女人，那么古来的看法也都是靠不住的了。他每天早上刷他的帽子，这表示什么呢？

彼德罗　有人见过他上理发店没有？

克劳狄奥　没有，可是有人看见理发匠跟他在一起；他那脸蛋上的几根装饰品，都已经拿去塞网球去了。

里奥那托　他剃了胡须，瞧上去的确年轻了点儿。

彼德罗　他还用麝香擦他的身子哩；你们闻不出来这一股香味吗？

克劳狄奥　那等于说，这一个好小子在恋爱了。

彼德罗　他的忧郁是他的最大的证据。

克劳狄奥　几时他曾经用香水洗过脸？

彼德罗　对了，我听人家说他还搽粉哩。

克劳狄奥　还有他那爱说笑话的脾气，现在也已经钻进了琴弦里，给音栓管住了那。

彼德罗　不错，那已经充分揭露了他的秘密。总而言之，他是在恋爱了。

克劳狄奥　噢，可是我知道谁爱着他。

彼德罗　我也很想知道知道；我想一定是个不大熟悉他的人。

克劳狄奥　哪里，还深切知道他的坏脾气呢；可是人家却愿意为他而死。

彼德罗　等她将来被人"活埋"的时光，一定是脸儿朝天的了。

培尼狄克　你们这样胡说八道，不能叫我的牙齿不痛呀。老先生，陪我走走；我已经想好了八九句聪明的话儿，要跟您谈谈，可是一定不能让这些傻瓜们听见。（培尼狄克、里奥那托同下。）

彼德罗　我可以打赌，他一定是向他说起贝特丽丝的事。

克劳狄奥　正是。希罗和玛格莱特大概也已经把贝特丽丝同样捉弄过啦；现在这两匹熊碰见了，总不会再彼此相咬了吧。

唐·约翰上。

约翰　上帝保佑您，王兄！

彼德罗　你好，贤弟。

约翰　您要是有工夫的话，我想跟您谈谈。

彼德罗　不能让别人听见吗？

约翰　是；不过克劳狄奥伯爵不妨让他听见，因为我所要说的话，是对他很有关系的。

无事生非

彼德罗　是什么事？

约翰　（向克劳狄奥）大人预备在明天结婚吗？

彼德罗　那你早就知道了。

约翰　要是他知道了我所知道的事，那就难说了。

克劳狄奥　倘然有什么妨碍，请您明白告诉我。

约翰　您也许以为我对您有点儿过不去，那咱们等着瞧吧；我希望您听了我现在将要告诉您的话以后，可以把您对我的意见改变过来。至于我这位兄长，我相信他是非常看重您的；他为您促成了这一门婚事，完全是他的一片好心；可惜看错了追求的对象，这一番心思气力，花得好不冤枉！

彼德罗　啊，是怎么一回事？

约翰　我就是来告诉你们的；也不必多噜嗦，这位姑娘是不贞洁的，人家久已在那儿讲她的闲话了。

克劳狄奥　谁？希罗吗？

约翰　正是她；里奥那托的希罗，您的希罗，大众的希罗。

克劳狄奥　不贞洁吗？

约翰　不贞洁这一个字眼，还是太好了，不够形容她的罪恶；她岂止不贞洁而已！您要是能够想得到一个更坏的名称，她也可以受之而无愧。不要吃惊，等着看事实的证明吧，您只要今天晚上跟我去，就可以看见在她结婚的前一晚，还有人从窗里走进她的房间里去。您看见这种情形以后，要是仍旧爱她，那么明天就跟她结婚吧；可是为了您的名誉起见，还是把您的决心改变一下的好。

克劳狄奥　有这等事吗？

彼德罗　我想不会的。

约翰　要是你们看见了真凭实据还不敢相信自己的眼睛，那么就不要承认你们所知道的事。你们只要跟我去，我一定可以叫你们看一个明白；等你们看饱听饱以后，再决定怎么办吧。

克劳狄奥　要是今天晚上果然有什么事情给我看到，那我明天一定不跟她结婚；我还要在举行婚礼的教堂里当众羞辱她呢。

彼德罗　我曾经代你向她求婚，我也要帮着你把她羞辱。

约翰　我也不愿多说她的坏话，横竖你们自己会替我证明的。现在大家不用声张，等到半夜时候再看究竟吧。

彼德罗　真扫兴的日子！

克劳狄奥　真倒霉的事情！

约翰　等会儿你们就要说，幸亏发觉得早，真好的运气！（同下。）

第三场　街道

道格培里、弗吉斯及巡丁等上。

道格培里　你们都是老老实实的好人吗？

弗吉斯　是啊，否则他们的肉本灵魂不一起上天堂，那才可惜哩。

道格培里　不，他们当了王爷的巡丁，要是有一点忠心的话，这样的刑罚还嫌太轻啦。

弗吉斯　好，道格培里伙计，把他们应该做的事吩咐他们吧。

道格培里　第一，你们看来谁是顶不配当巡丁的人？

巡丁甲　回长官，修·奥凯克跟乔治·西可尔，因为他们俩都会

无事生非

写字念书。

道格培里　过来，西可尔伙计。上帝赏给你一个好名字；一个人长得漂亮是偶然的运气，会写字念书才是天生的本领。

巡丁乙　巡官老爷，这两种好处——

道格培里　你都有；我知道你会这样说。好，朋友，讲到你长得漂亮，那么你谢谢上帝，自己少卖弄卖弄；讲到你会写字念书，那么等到用不着这种玩意儿的时候，再显显你自己的本领吧。大家公认你是这儿最没有头脑、最配当一个班长的人，所以你拿着这盏灯笼吧。听好我的吩咐：你要是看见什么流氓无赖，就把他抓了；你可以用王爷的名义叫无论什么人站住。

巡丁甲　要是他不肯站住呢?

道格培里　那你就不用理他，让他去好了；你就立刻召集其余的巡丁，谢谢上帝免得你们受一个混蛋的麻烦。

弗吉斯　要是喊他站住他不肯站住，他就不是王爷的子民。

道格培里　对了，不是王爷的子民，就可以不用理他们。你们也不准在街上大声吵闹；因为巡丁们要是哗啦哗啦谈起天来，那是最叫人受得住也是最不可宽恕的事。

巡丁乙　我们宁愿睡觉，不愿说话；我们知道一个巡丁的责任。

道格培里　啊，你说得真像一个老练的安静的巡丁，睡觉总是不会得罪人的；只要留心你们的钩镰枪别给人偷去就行啦。好，你们还要到每一家酒店去查看，看见谁喝醉了，就叫他回去睡觉。

巡丁甲　要是他不愿意呢?

道格培里　那么让他去，等他自己醒过来吧；要是他不好好地回答你，你可以说你看错了人啦。

巡丁甲　是，长官。

道格培里　要是你们碰见一个贼，按着你们的职分，你们可以疑心他不是个好人；对于这种家伙，你们越是少跟他们多事，越可以显出你们都是规矩的好人。

巡丁乙　要是我们知道他是个贼，我们要不要抓住他呢？

道格培里　按着你们的职分，你们本来是可以抓住他的；可是我想谁把手伸进染缸里，总要弄脏自己的手；为了省些麻烦起见，要是你们碰见了一个贼，顶好的办法就是让他使出他的看家本领来，偷偷地溜走了事。

弗吉斯　伙计，你一向是个出名的好心肠人。

道格培里　是呀，就是一条狗我也不忍把它勒死，何况是个还有几分天良的人，自然更加不在乎啦。

弗吉斯　要是你们听见谁家的孩子晚上啼哭，你们必须去把那奶妈子叫醒，叫她止住他的啼哭。

巡丁乙　要是那奶妈子睡熟了，听不见我们叫喊呢？

道格培里　那么你们就一声不响地走开去，让那孩子把她吵醒好了；因为母羊要是听不见她自己小羊的啼声，她怎么会回答一头小牛的叫喊呢？

弗吉斯　你说得真对。

道格培里　完了。你们当巡丁的，就是代表着王爷本人；要是你们在黑夜里碰见王爷，你们也可以叫他站住。

弗吉斯　嗳哟，圣母娘娘呀！我想那是不可以的。

道格培里　谁要是懂得法律，我可以用五先令跟他打赌一先令，他可以叫他站住；当然罗，那还要看王爷自己愿不愿意；

无事生非

因为巡丁是不能得罪人的，叫一个不愿意站住的人站住，那是要得罪人的。

弗吉斯 对了，这才说得有理。

道格培里 哈哈哈！好，伙计们，晚安！倘然有要紧的事，你们就来叫我起来；什么事大家彼此商量商量。再见！来，伙计。

巡丁乙 好，弟兄们，我们已经听见长官吩咐我们的话；让我们就在这儿教堂门前的凳子上坐下来，等到两点钟的时候，大家回去睡觉吧。

道格培里 好伙计们，还有一句话。请你们留心留心里奥那托老爷的门口；因为他家里明天有喜事，今晚十分忙碌，怕有坏人混进去。再见，千万留心点儿。（道格培里、弗吉斯同下。）

　　　　　　波拉契奥及康拉德上。

波拉契奥 喂，康拉德！

巡丁甲 （旁白）静！别动！

波拉契奥 喂，康拉德！

康拉德 这儿，朋友，我就在你的身边哪。

波拉契奥 他妈的！怪不得我身上痒，原来有一颗癞疥疮在我身边。

康拉德 等会儿再跟你算账；现在还是先讲你的故事吧。

波拉契奥 那么你且站在这儿屋檐下面，天在下着毛毛雨哩；我可以像一个醉汉似的，把什么话儿都告诉你。

巡丁甲 （旁白）弟兄们，一定是些什么阴谋；可是大家站着别动。

波拉契奥 告诉你吧，我从唐·约翰那儿拿到了一千块钱。

康拉德 干一件坏事的价钱会这样高吗？

波拉契奥 你应该这样问：难道坏人就这样有钱吗？有钱的坏人需要没钱的坏人帮忙的时候，没钱的坏人当然可以漫天讨价。

康拉德 我可有点不大相信。

波拉契奥 这就表明你是个初出茅庐的人。你知道一套衣服、一顶帽子的式样时髦不时髦，对于一个人本来是没有什么相干的。

康拉德 是的，那不过是些章身之具而已。

波拉契奥 我说的是式样的时髦不时髦。

康拉德 对啦，时髦就是时髦，不时髦就是不时髦。

波拉契奥 呸！那简直就像说，傻子就是傻子。可是你不知道这个时髦是个多么坏的贼吗？

巡丁甲 （旁白）我知道有这么一个坏贼，他已经做了七年老贼了；他在街上走来走去，就像个绅士的模样。我记得有这么一个家伙。

波拉契奥 你不听见什么人在讲话吗？

康拉德 没有，只有屋顶上风标转动的声音。

波拉契奥 我说，你不知道这个时髦是个多么坏的贼吗？他会把那些从十四岁到三十五岁的血气未定的年轻人搅昏头，有时候把他们装扮得活像那些烟熏的古画上的埃及法老的兵士，有时候又像漆在教堂窗上的异教邪神的祭司，有时候又像织在污旧虫蛀的花毡上的薙光了胡须的赫刺克勒斯，裤裆里的那话儿瞧上去就像他的棍子一样又粗又重。

康拉德 这一切我都知道；我也知道往往一件衣服没有穿旧，流行的式样已经变了两三通。可是你是不是也给时髦搅昏了头，所以不向我讲你的故事，却来讨论起时髦问题来呢？

波拉契奥 那倒不是这样说。好，我告诉你吧，我今天晚上已经去跟希罗小姐的侍女玛格莱特谈过情话啦；我叫她做希罗，她靠在她小姐卧室的窗口，向我说了一千次晚安——我把这故事讲得太坏，我应当先告诉你，那亲王和克劳狄奥怎样听了我那主人唐·约翰的话，三个人预先站在花园里远远的地方，瞧见我们这一场幽会。

康拉德 他们都以为玛格莱特就是希罗吗？

波拉契奥 亲王跟克劳狄奥是这样想的；可是我那个魔鬼一样的主人知道她是玛格莱特。一则因为他言之凿凿，使他们受了他的愚弄；二则因为天色昏黑，蒙过了他们的眼睛；可是说来说去，还是全亏我的诡计多端，证实了唐·约翰随口捏造的谣言，惹得那克劳狄奥一怒而去，发誓说他要在明天早上，按着预定的钟点，到教堂里去见她的面，把他晚上所见的情形当众宣布出来，出出她的丑，叫她仍旧回去做一个没有丈夫的女人。

巡丁甲 我们用亲王的名义命令你们站住！

巡丁乙 去叫巡官老爷起来。一件最危险的奸淫案子给我们破获了。

巡丁甲 他们同伙的还有一个坏贼，我认识他，他头发上打着"爱人结"。

康拉德 列位朋友们！

巡丁乙 告诉你们吧，这个坏贼是一定要叫你们交出来的。

康拉德 列位——

巡丁甲 别说话，乖乖地跟我们去。

波拉契奥 他们把我们抓了去，倒是捞到了一批好货。

康拉德 少不得还要受一番检查呢。来，我们服从你们。（同下。）

第四场　里奥那托家中一室

希罗、玛格莱特及欧苏拉上。

希罗 好欧苏拉，你去叫醒我的姊姊贝特丽丝，叫她快点儿起身。

欧苏拉 是，小姐。

希罗 请她过来一下子。

欧苏拉 好的。（下。）

玛格莱特 真的，我想还是那一个绉领好一点。

希罗 不，好玛格莱特，我要戴这一个。

玛格莱特 这一个真的不是顶好；您的姊姊也一定会这样说的。

希罗 我的姊姊是个傻子；你也是个傻子，我偏要戴这一个。

玛格莱特 我很欢喜这一顶新的发罩，要是头发的颜色再略微深一点儿就好了。您的长袍的式样真是好极啦。人家把米兰公爵夫人那件袍子称赞得了不得，那件衣服我也见过。

希罗 啊！他们说它好得很哩。

玛格莱特 不是我胡说，那一件比起您这一件来，简直只好算是一件睡衣：金线织成的绉子，镶着银色的花边，嵌着珍珠，有垂袖，有侧袖，圆圆的衣裾，缀满了带点儿淡蓝色的闪光箔片；可是要是讲到式样的优美雅致，齐整漂亮，那您

无事生非

这一件就可以抵得上她十件。

希罗　上帝保佑我快快乐乐地穿上这件衣服，因为我的心里重得好像压着一块石头似的！

玛格莱特　等到一个男人压到您身上，它还要重得多哩。

希罗　啐！你不害臊吗？

玛格莱特　害什么臊呢，小姐？因为我说了句老实话吗？就是对一个叫化子来说，结婚不也是光明正大的事吗？难道不曾结婚，就不许提起您的姑爷吗？我想您也许要我这样说："对不起，说句不中听的粗话：一个丈夫。"只要说话有理，就不怕别人的歪曲。不是我有意跟人家抬杠，不过，"等到有了丈夫，那份担子压下来，可更重啦，"这话难道有什么要不得吗？只要大家是明媒正娶的，那有什么要紧？否则倒不能说是重，只好说是轻狂了。您要是不相信，去问贝特丽丝小姐吧；她来啦。

　　　　贝特丽丝上。

希罗　早安，姊姊。

贝特丽丝　早安，好希罗。

希罗　嗳哟，怎么啦！你怎么说话这样懒洋洋的？

贝特丽丝　我的心曲乱得很呢。

玛格莱特　快唱一曲《妹妹心太活》吧，这是不用男低音伴唱的；你唱，我来跳舞。

贝特丽丝　大概你的一对马蹄子，就跟你的"妹妹"的一颗心那样，太灵活了吧。将来哪个丈夫娶了你，快替他养一马房马驹子吧。

玛格莱特　嗳呀，真是牛头不对马嘴！我把它们一脚踢开了。

贝特丽丝　快要五点钟啦，妹妹；你该快点儿端整起来了。真的，我身子怪不舒服。唉——呵！

玛格莱特　是您的肚肠里有了牵挂，还是得了心病、肝病？

贝特丽丝　我浑身说不出的不舒服。

玛格莱特　哼，您倘然没有变了一个人，那么航海的人也不用看星啦。

贝特丽丝　这傻子在那儿说些什么？

玛格莱特　我没有说什么；但愿上帝保佑每一个人如愿以偿！

希罗　这双手套是伯爵送给我的，上面熏着很好的香料。

贝特丽丝　我的鼻子塞住啦，妹妹，我闻不出来。

玛格莱特　好一个塞住了鼻子的姑娘！今年的伤风可真流行。

贝特丽丝　啊，老天快帮个忙吧！你几时变得这样精灵的呀。

玛格莱特　自从您变得那样糊涂之后。我说俏皮话真来得，是不是？

贝特丽丝　可惜还不够招摇，最好把你的俏皮劲儿顶在头上，那才好呢。真的，我得病了。

玛格莱特　您的心病是要心药来医治的。

希罗　你这一下子可刺进她心眼儿里去了。

贝特丽丝　怎么，干吗要"心药"？你这句话是什么意思？

玛格莱特　意思！不，真的，我一点没有什么意思。您也许以为我想您在恋爱啦；可是不，我不是那么一个傻子，会高兴怎么想就怎么想；我也不愿意想到什么就想什么；老实说，就是想空了我的心，我也决不会想到您是在恋爱，或者您将要恋爱，或者您会跟人家恋爱。可是培尼狄克起先也跟您一样，现在他却变了个人啦；他曾经发誓决不结婚，现

无事生非

151

在可死心塌地地做起爱情的奴隶来啦。我不知道您会变成个什么样子；可是我觉得您现在瞧起人来的那种神气，也有点跟别的女人差不多啦。

贝特丽丝 你的一条舌头滚来滚去的，在说些什么呀？

玛格莱特 反正不是说的瞎话。

　　　　　　欧苏拉重上。

欧苏拉 小姐，进去吧；亲王、伯爵、培尼狄克先生、唐·约翰，还有全城的公子哥儿们，都来接您到教堂里去了。

希罗 好姊姊，好玛格莱特，好欧苏拉，快帮我穿戴起来吧。（同下。）

第五场　里奥那托家中的另一室

　　　　里奥那托偕道格培里、弗吉斯同上。

里奥那托 朋友，你有什么事要对我说？

道格培里 呃，老爷，我有点事情要来向您告禀，这件事情对于您自己是很有关系的。

里奥那托 那么请你说得简单一点，因为你瞧，我现在忙得很哪。

道格培里 呃，老爷，是这么一回事。

弗吉斯 是的，老爷，真的是这么一回事。

里奥那托 是怎么一回事呀，我的好朋友们？

道格培里 老爷，弗吉斯是个好人，他讲起话来总是有点儿缠夹不清；他年纪老啦，老爷，他的头脑已经没有从前那么糊涂，上帝保佑他！可是说句良心话，他是个老实不过的好人，瞧他的眉尖心就可以明白啦。①

弗吉斯　是的，感谢上帝，我就跟无论哪一个跟我一样老，也不比我更老实的人一样老实。

道格培里　不要比这个比那个，叫人家听着心烦啦；少说些废话，弗吉斯伙计。

里奥那托　两位老乡，你们缠绕的本领可真不小啊。

道格培里　承蒙您老爷好说，不过咱们都是可怜的公爵手下的巡官。可是说真的，拿我自个儿来说，要是我的缠绕的本领跟皇帝老子那样大，我一定舍得拿来一古脑儿全传给您老爷。

里奥那托　呃，拿你的缠绕的本领全传给我？

道格培里　对啊，哪怕再加上一千个金镑的价值，我也决不会舍不得。因为我听到的关于您老爷的报告是挺好的，不比这儿城里哪个守本份的人们差，我虽然是个老粗，听了也非常满意。

弗吉斯　我也同样满意。

里奥那托　我最满意的是你们有话就快说出来。

弗吉斯　呃，老爷，我们的巡丁今天晚上捉到了梅西那地方两个顶坏的坏人——当然不包括您老爷在内。

道格培里　老爷，他是个很好的老头子，就是喜欢多话；人家说的，年纪一老，人也变糊涂啦。上帝保佑我们！这世上新鲜的事情可多着呢！说得好，真的，弗吉斯伙计。好，上

----

① 古时有在犯人的眉尖心烙印的刑法，使人一望而知不是好人。

帝是个好人；两个人骑一匹马，总有一个人在后面。真的，老爷，他是个老实汉子，天地良心；可是我们应该敬重上帝，世上有好人也就有坏人。唉！好伙计。

里奥那托　可不，老乡，他跟你差远了。

道格培里　这也是上帝的恩典。

里奥那托　我可要少陪了。

道格培里　就是一句话，老爷；我们的巡丁真的捉住了两个形迹可疑的人，我们想在今天当着您面前把他们审问一下。

里奥那托　你们自己去审问吧，审问明白以后，再来告诉我；我现在忙得不得了，你们也一定可以看得出来的。

道格培里　那么就这么办吧。

里奥那托　你们喝点儿酒再走；再见。

　　　　　　　一使者上。

使者　老爷，他们都在等着您去主持婚礼。

里奥那托　我就来；我已经预备好了。（里奥那托及使者下。）

道格培里　去，好伙计，把法兰西斯·西可尔找来；叫他把他的笔和墨水壶带到监牢里，我们现在就要审问这两个家伙。

弗吉斯　我们一定要审问得非常聪明。

道格培里　是的，我们一定要尽量运用我们的智慧，叫他们狡赖不了。你就去找一个有学问的念书人来给我们记录口供；咱们在监牢里会面吧。（同下。）

第四幕

第一场 教堂内部

唐·彼德罗、唐·约翰、里奥那托、法兰西斯神父、克劳狄奥、培尼狄克、希罗、贝特丽丝等同上。

里奥那托 来，法兰西斯神父，简单一点；只要给他们行一行结婚的仪式，以后再把夫妇间应有的责任仔细告诉他们吧。

神父 爵爷，您到这儿来是要跟这位小姐举行婚礼的吗？

克劳狄奥 不。

里奥那托 神父，他是来跟她结婚的；您才是给他们举行婚礼的人。

神父 小姐，您到这儿来是要跟这位伯爵结婚吗？

希罗 是的。

神父 要是你们两人心间有谁知道有什么秘密的阻碍，使你们不能结为夫妇，那么为了免得你们的灵魂受到责罚，我命令你们说出来。

克劳狄奥　希罗，你知道有没有？

希罗　没有，我的主。

神父　伯爵，您知道有没有？

里奥那托　我敢替他回答，没有。

克劳狄奥　啊！人们敢做些什么！他们会做些什么出来！他们每天都在做些什么，却不知道他们自己在做些什么！

培尼狄克　怎么！发起感慨来了吗？那么让我来大笑三声吧，哈！哈！哈！

克劳狄奥　神父，请你站在一旁。老人家，对不起，您愿意这样慷慨地把这位姑娘，您的女儿，给我吗？

里奥那托　是的，贤婿，正像上帝把她给我的时候一样慷慨。

克劳狄奥　我应当用什么来报答您，它的价值可以抵得过这一件贵重的礼物呢？

彼德罗　用什么都不行，除非把她仍旧还给他。

克劳狄奥　好殿下，您已经教会我表示感谢的最得体的方法了。里奥那托，把她拿回去吧；不要把这只坏橘子送给你的朋友，她只是外表上像一个贞洁的女人罢了。瞧！她那害羞的样子，多么像是一个无邪的少女！啊，狡狯的罪恶多么善于用真诚的面具遮掩它自己！她脸上现起的红晕，不是正可以证明她的贞静纯朴吗？你们大家看见她这种表面上的做作，不是都会发誓说她是个处女吗？可是她已经不是一个处女了，她已经领略过枕席上的风情；她的脸红是因为罪恶，不是因为羞涩。

里奥那托　爵爷，您这是什么意思？

克劳狄奥　我不要结婚，不要把我的灵魂跟一个声名狼藉的淫妇结合在一起。

里奥那托　爵爷，要是照您这样说来，您因为她年幼可欺，已经破坏了她的贞操——

克劳狄奥　我知道你会这么说：要是我已经跟她发生了关系，你就会说她不过是委身于她的丈夫，所以不能算是一件不可恕的过失。不，里奥那托，我从来不曾用一句游辞浪语向她挑诱；我对她总是像一个兄长对待他的弱妹一样，表示着纯洁的真诚和合礼的情爱。

希罗　您看我对您不忠正是这样吗？

克劳狄奥　不要脸的！正是这样！我看你就像是月亮里的狄安娜女神一样纯洁，就像是未开放的蓓蕾一样无瑕；可是你却像维纳斯一样放荡，像纵欲的禽兽一样无耻！

希罗　我的主病了吗？怎么他会讲起这种荒唐的话来？

里奥那托　好殿下，您怎么不说句话儿？

彼德罗　叫我说些什么呢？我竭力替我的好朋友跟一个淫贱的女人撮合，我自己的脸也丢尽了。

里奥那托　这些话是从你们嘴里说出来的呢，还是我在做梦？

约翰　老人家，这些话是从他们嘴里说出来的；这些事情都是真的。

培尼狄克　这简直不成其为婚礼啦。

希罗　真的！啊，上帝！

克劳狄奥　里奥那托，我不是站在这儿吗？这不是亲王吗？这不是亲王的兄弟吗？这不是希罗的面孔吗？我们不是大家生着眼睛的吗？

里奥那托 这一切都是事实；可是您这样说是什么意思呢？

克劳狄奥 让我只问你女儿一个问题，请你用你做父亲的天赋权力，叫她老实回答我。

里奥那托 我命令你从实答复他的问题，因为你是我的孩子。

希罗 啊，上帝保佑我！我要给他们逼死了！这算是什么审问呀？

克劳狄奥 我们要从你自己的嘴里听到你的实在的回答。

希罗 我不是希罗吗？谁能够用公正的谴责玷污这一个名字？

克劳狄奥 嘿，那就要问希罗自己了；希罗自己可以玷污希罗的名节。昨天晚上在十二点钟到一点钟之间，在你的窗口跟你谈话的那个男人是谁？要是你是个处女，请你回答这一个问题吧。

希罗 爵爷，我在那个时候不曾跟什么男人谈过话。

彼德罗 哼，你还要抵赖！里奥那托，我很抱歉要让你知道这一件事：凭着我的名誉起誓；我自己、我的兄弟和这位受人欺骗的伯爵，昨天晚上在那个时候的的确确看见她，也听见她在她卧室的窗口跟一个混账东西谈话；那个荒唐的家伙已经亲口招认，这样不法的幽会，他们已经有过许多次了。

约翰 啧！啧！王兄，那些话还是不要说了吧，说出来也不过污了大家的耳朵。美貌的姑娘，你这样不知自重，我真替你可惜！

克劳狄奥 啊，希罗！要是把你外表上的一半优美分给你的内心，那你将会是一个多么好的希罗！可是再会吧，你这最下贱、最美好的人！你这纯洁的淫邪，淫邪的纯洁，再会吧！为了你我要锁闭一切爱情的门户，让猜疑停驻在我的眼眼里，把一切美色变成不可亲近的蛇蝎，永远失去它诱人的力量。

里奥那托　这儿谁有刀子可以借给我，让我刺在我自己的心里？

（希罗晕倒。）

贝特丽丝　嗳哟，怎么啦，妹妹！你怎么倒下去啦？

约翰　来，我们去吧。她因为隐事给人揭发，一时羞愧交集，所以昏过去了。（彼德罗、约翰、克劳狄奥同下。）

培尼狄克　这姑娘怎么啦？

贝特丽丝　我想是死了！叔叔，救命！希罗！嗳哟，希罗！叔叔！培尼狄克先生！神父！

里奥那托　命运啊，不要松了你的沉重的手！对于她的羞耻，死是最好的遮掩。

贝特丽丝　希罗妹妹，你怎么啦！

神父　小姐，您宽心吧。

里奥那托　你的眼睛又睁开了吗？

神父　是的，为什么她不可以睁开眼睛来呢？

里奥那托　为什么！不是整个世界都在斥责她的无耻吗？她可以否认已经刻下在她血液里的这一段丑事吗？不要活过来，希罗，不要睁开你的眼睛；因为要是你不能快快地死去，要是你的灵魂里载得下这样的羞耻，那么我在把你痛责以后，也会亲手把你杀死的。你以为我只有你这一个孩子，我会因为失去你而悲伤吗？我会埋怨造化的吝啬，不肯多给我几个子女吗？啊，像你这样的孩子，一个已经太多了！为什么我要有这么一个孩子呢？为什么你在我的眼

无事生非

睛里是这么可爱呢？为什么我不曾因为一时慈悲心起，在门口收养了一个叫化的孩子，那么要是她长大以后干下这种丑事，我还可以说，"她的身上没有一部分是属于我的；这一种羞辱是她从不知名的血液里传下来的"？可是我自己亲生的孩子，我所钟爱的、我所赞美的、我所引为骄傲的孩子，为了爱她的缘故，我甚至把她看得比我自己还重；她——啊！她现在落下了污泥的坑里，大海的水也洗不净她的污秽，海里所有的盐也不够解除她肉体上的腐臭。

培尼狄克　老人家，您安心点儿吧。我瞧着这一切，简直是莫名其妙，不知道应该说些什么话才好。

贝特丽丝　啊！我敢赌咒，我的妹妹是给他们冤枉的！

培尼狄克　小姐，您昨天晚上跟她睡在一个床上吗？

贝特丽丝　那倒没有；虽然在昨晚以前，我跟她已经同床睡了一年啦。

里奥那托　证实了！证实了！啊，本来就是铁一般的事实，现在又加上一重证明了！亲王兄弟两人是会说谎的吗？克劳狄奥这样爱着她，讲到她的丑事的时候，也会忍不住流泪，难道他也是会说谎的吗？别理她！让她死吧！

神父　听我讲几句话。我刚才在这儿静静地旁观着这一件意外的变故，我也在留心观察这位小姐的神色：我看见无数羞愧的红晕出现在她的脸上，可是立刻有无数冰霜一样皎洁的惨白把这些红晕驱走，显示出她的含冤蒙屈的清贞；我更看见在她的眼睛里射出一道火一样的光来，似乎要把这些贵人们加在她身上的无辜的诬蔑烧掉。要是这位温柔的小姐不是遭到重大的误会，要是她不是一个清白无罪的人，那么你们尽管把我叫做傻子，再不要相信我的学问、我的见识、我的经验，也不要重视我的年齿、我的身分或是我的神圣的职务吧。

里奥那托　神父，不会有这样的事的。你看她虽然做出这种丧尽廉耻的事来，可是她还有几分天良未泯，不愿在她的深重的罪孽之上再加上一重欺罔的罪恶；她并没有否认。事情已经是这样明显了，你为什么还要替她辩护呢？

神父　小姐，他们说你跟什么人私通？

希罗　他们这样说我，他们一定知道；我可不知道。要是我违背了女孩儿家应守的礼法，跟任何不三不四的男人来往，那么让我的罪恶不要得到宽恕吧！啊，父亲！您要是能够证明有哪个男人在可以引起嫌疑的时间里跟我谈过话，或者我在昨天晚上曾经跟别人交换过言语，那么请您斥逐我、痛恨我、用酷刑处死我吧！

神父　亲王们一定有了些误会。

培尼狄克　他们中间有两个人是正人君子；要是他们这次受了人家的欺骗，一定是约翰那个私生子弄的诡计，他是最喜欢设阱害人的。

里奥那托　我不知道。要是他们说的关于她的话果然是事实，我要亲手把她杀死；要是他们无中生有，损害她的名誉，我要跟他们中间最尊贵的一个人拚命去。时光不曾干涸了我的血液，年龄也不曾侵蚀了我的智慧，我的家财不曾因为逆运而消耗，我的朋友也不曾因为我的行为不检而走散；他们要是看我可欺，我就叫他们看看我还有几分精力，还会转转念头，也不是无财无势，也不是无亲无友，尽可对付得了他们的。

神父 且慢，在这件事情上，请您还是听从我的劝告。亲王们离开这儿的时候，以为您的小姐已经死了；现在不妨暂时叫她深居简出，就向外面宣布说她真的已经死了，再给她举办一番丧事，在贵府的坟地上给她立起一方碑铭，一切丧葬的仪式都不可缺少。

里奥那托 为什么要这样呢？这样有什么好处呢？

神父 要是照这样好好地做去，就可以使诬蔑她的人不禁哀怜她的不幸，这也未始不是好事；可是我提起这样奇怪的办法，却另有更大的用意。人家听说她一听到这种诽谤立刻身死，一定都会悲悼她、可怜她，从而原谅她。我们往往在享有某一件东西的时候，一点不看重它的好处；等到失掉它以后，却会格外夸张它的价值，发现当它还在我们手里的时候所看不出来的优点。克劳狄奥一定也会这样：当他听到了他的无情的言语，已经致希罗于死地的时候，她生前可爱的影子一定会浮起在他的想像之中，她的生命中的每一部分都会在他的心目中变得比活在世上的她格外值得珍贵，格外优美动人，格外充满生命；要是爱情果然打动过他的心，那时他一定会悲伤哀恸，即使他仍旧以为他所指斥她的确是事实，他也会后悔不该给她这样大的难堪。您就照这么办吧，它的结果一定会比我所能预料的还要美满。即使退一步说，它并不能收到理想中的效果，至少也可以替她把这场羞辱掩盖过去，您不妨把她隐藏在什么僻静的地方，让她潜心修道，远离世人的耳目，隔绝任何的诽谤损害；对于名誉已受创伤的她，这是一个最适当的办法。

培尼狄克　里奥那托大人，听从这位神父的话吧。虽然您知道我
　　　　对于亲王和克劳狄奥都有很深的交情，可是我愿意凭着我
　　　　的名誉起誓，在这件事情上，我一定抱着公正的态度，保
　　　　持绝对的秘密。

里奥那托　我已经伤心得毫无主意了，你们用一根顶细的草绳都
　　　　可以牵着我走。

神父　好，那么您已经答应了；立刻去吧，非常的病症是要用非
　　　　常的药饵来疗治的。来，小姐，您必须死里求生；今天的
　　　　婚礼也许不过是暂时的延期，您耐心忍着吧。（神父，希罗
　　　　及里奥那托同下。）

培尼狄克　贝特丽丝小姐，您一直在哭吗？

贝特丽丝　是的，我还要哭下去哩。

培尼狄克　我希望您不要这样。

贝特丽丝　您有什么理由？这是我自己愿意这样呀。

培尼狄克　我相信令妹一定受了冤枉。

贝特丽丝　唉！要是有人能够替她伸雪这场冤枉，我才愿意跟他
　　　　做朋友。

培尼狄克　有没有可以表示这一种友谊的方法？

贝特丽丝　方法是有，而且也是很直捷爽快的，可惜没有这样的
　　　　朋友。

培尼狄克　可以让一个人试试吗？

贝特丽丝　那是一个男子汉做的事情，可不是您做的事情。

培尼狄克　您是我在这世上最爱的人——这不是很奇怪吗？

贝特丽丝　就像我所不知道的事情一样奇怪。我也可以说您是我

在这世上最爱的人——可是别信我——可是我没有说假话——我什么也不承认，什么也不否认——我只是为我的妹妹伤心。

培尼狄克　贝特丽丝，凭着我的宝剑起誓，你是爱我的。

贝特丽丝　发了这样的誓，是不能反悔的。

培尼狄克　我愿意凭我的剑发誓你爱着我；谁要是说我不爱你，我就叫他吃我一剑。

贝特丽丝　您不会食言而肥吗？

培尼狄克　无论给它调上些什么油酱，我都不愿把我今天说过的话吃下去。我发誓我爱你。

贝特丽丝　那么上帝恕我！

培尼狄克　亲爱的贝特丽丝，你犯了什么罪过？

贝特丽丝　您刚好打断了我的话头，我正要说我也爱着您呢。

培尼狄克　那么就请你用整个的心说出来吧。

贝特丽丝　我用整个心儿爱着您，简直分不出一部分来向您诉说。

培尼狄克　来，吩咐我给你做无论什么事吧。

贝特丽丝　杀死克劳狄奥。

培尼狄克　喔！那可办不到。

贝特丽丝　您拒绝了我，就等于杀死了我。再见。

培尼狄克　等一等，亲爱的贝特丽丝。

贝特丽丝　我的身子就算在这儿，我的心也不在这儿。您一点没有真情。嗳哟，请您还是放我走吧。

培尼狄克　贝特丽丝——

贝特丽丝　真的，我要去啦。

培尼狄克　让我们先言归于好。

贝特丽丝　您愿意跟我做朋友，却不敢跟我的敌人决斗。

培尼狄克　克劳狄奥是你的敌人吗？

贝特丽丝　他不是已经充分证明是一个恶人，把我的妹妹这样横加诬蔑，信口毁谤，破坏她的名誉吗？啊！我但愿自己是一个男人！嘿！不动声色地挽着她的手，一直等到将要握手成礼的时候，才翻过脸来，当众宣布他的恶毒的谣言！——上帝啊，但愿我是个男人！我要在市场上吃下他的心。

培尼狄克　听我说，贝特丽丝——

贝特丽丝　跟一个男人在窗口讲话！说得真好听！

培尼狄克　可是，贝特丽丝——

贝特丽丝　亲爱的希罗！她负屈含冤，她的一生从此完了！

培尼狄克　贝特——

贝特丽丝　什么亲王！什么伯爵！好一个做见证的亲王！好一个甜言蜜语的风流伯爵！啊，为了他的缘故，我但愿自己是一个男人；或者我有什么朋友愿意为了我的缘故，做一个堂堂男子！可是人们的丈夫气概，早已销磨在打恭作揖里，他们的豪侠精神，早已丧失在逢迎阿谀里了；他们已经变得只剩下一条善于拍马吹牛的舌头；谁会造最大的谣言，而且拿谣言来赌咒，谁就是个英雄好汉。我既然不能凭着我的愿望变成一个男子，所以我只好做一个女人在伤心中死去。

培尼狄克　等一等，好贝特丽丝。我举手为誓，我爱你。

贝特丽丝　您要是真的爱我，那么把您的手用在比发誓更有意义的地方吧。

无事生非

培尼狄克　凭着你的良心，你以为克劳狄奥伯爵真的冤枉了希
　　　罗吗？

贝特丽丝　是的，正像我知道我有思想有灵魂一样毫无疑问。

培尼狄克　够了！一言为定，我要去向他挑战。让我在离开你以
　　　前，吻一吻你的手。我凭你这只手起誓，克劳狄奥一定要
　　　得到一次重大的教训。请你等候我的消息，把我放在你的
　　　心里。去吧，安慰安慰你的妹妹；我必须对他们说她已经
　　　死了。好，再见。（各下。）

第二场　　监狱

　　　　　道格培里、弗吉斯及教堂司事各穿制服上；巡丁押康
　　　拉德及波拉契奥随上。

道格培里　咱们这一伙儿都到齐了吗？

弗吉斯　啊！端一张凳子和垫子来给教堂司事先生坐。

教堂司事　哪两个是被告？

道格培里　呃，那就是我跟我的伙计。

弗吉斯　不错，我们是来审案子的。

教堂司事　可是哪两个是受审判的犯人？叫他们到巡官老爷面前
　　　来吧。

道格培里　对，对，叫他们到我面前来。朋友，你叫什么名字？

波拉契奥　波拉契奥。

道格培里　请写下波拉契奥。小子，你呢？

康拉德　长官，我是个绅士，我的名字叫康拉德。

道格培里　写下绅士康拉德先生。两位先生，你们都敬奉上帝吗？

康拉德、波拉契奥　是，长官，我们希望我们是敬奉上帝的。

道格培里　写下他们希望敬奉上帝；留心把上帝写在前面，因为要是让这些混蛋的名字放在上帝前面，上帝一定要生气的。两位先生，你们已经被证明是两个比奸恶的坏人好不了多少的家伙，大家也就要这样看待你们了。你们自己有什么辩白没有？

康拉德　长官，我们说我们不是坏人。

道格培里　好一个乖巧的家伙；可是我会诱他说出真话来。过来，小子，让我在你的耳边说一句话：先生，我对您说，人家都以为你们是奸恶的坏人。

波拉契奥　长官，我对你说，我们不是坏人。

道格培里　好，站在一旁。天哪，他们都是老早商量好了说同样的话的。你有没有写下来，他们不是坏人吗？

教堂司事　巡官老爷，您这样审问是审问不出什么结果来的；您必须叫那控诉他们的巡丁上来问话。

道格培里　对，对，这是最迅速的方法。叫那巡丁上来。弟兄们，我用亲王的名义，命令你们控诉这两个人。

巡丁甲　禀长官，这个人说亲王的兄弟唐·约翰是个坏人。

道格培里　写下约翰亲王是个坏人。嗳哟，这简直是犯的伪证罪，把亲王的兄弟叫做坏人！

波拉契奥　巡官先生——

道格培里　闭住你的嘴，家伙；我讨厌你的面孔。

教堂司事　你们还听见他说些什么？

无事生非

巡丁乙　呃，他说他因为捏造了中伤希罗小姐的谣言，唐·约翰给了他一千块钱。

道格培里　这简直是未之前闻的窃盗罪。

弗吉斯　对了，一点不错。

教堂司事　还有些什么话？

巡丁甲　他说克劳狄奥伯爵听了他的话，准备当着众人的面前把希罗羞辱，不再跟她结婚。

道格培里　嗳哟，你这该死的东西！你干下这种恶事，要一辈子不会下地狱啦。

教堂司事　还有什么？

巡丁乙　没有什么了。

教堂司事　两位先生，就是这一点，你们也没有法子抵赖了。约翰亲王已经在今天早上逃走；希罗已经这样给他们羞辱过，克劳狄奥也已经拒绝跟她结婚，她因为伤心过度，已经突然身死了。巡官老爷，把这两个人绑起来，带到里奥那托家里去；我先走一步，把我们审问的结果告诉他。（下。）

道格培里　来，把他们铐起来。

弗吉斯　把他们交给——

康拉德　滚开，蠢货！

道格培里　他妈的！教堂司事呢？叫他写下：亲王的官吏是个蠢货。来，把他们绑了。你这该死的坏东西！

康拉德　滚开，你是头驴子，你是头驴子！

道格培里　你难道瞧不起我的地位吗？你难道瞧不起我这一把年纪吗？啊，但愿他在这儿，给我写下我是头驴子！可是列位弟兄们，记住我是头驴子；虽然这句话没有写下来，可是别忘记我是头驴子。你这恶人，你简直是目中无人，这儿大家都可以做见证的。老实告诉你吧，我是个聪明人；而且是个官；而且是个有家小的人；再说，我的相貌也比得上梅西那地方无论哪一个人；我懂得法律，那可以不去说它；我身边老大有几个钱，那也可以不去说它；我不是不曾碰到过坏运气，可是我还有两件袍子，无论到什么地方去总还是体体面面的。把他带下去！啊，但愿他给我写下我是一头驴子！（同下。）

第五幕

第一场　里奥那托家门前

里奥那托及安东尼奥上。

安东尼奥　您要是老是这样，那不过气坏了您自己的身体；帮着忧伤摧残您自己，那未免太不聪明吧。

里奥那托　请你停止你的劝告；把这些话送进我的耳中，就像把水倒在筛里一样毫无用处。不要劝我；也不要让什么人安慰我，除非他也遭到跟我同样的不幸。给我找一个像我一样溺爱女儿的父亲，他那做父亲的欢乐，跟我一样完全给粉碎了，叫他来劝我安心忍耐；把他的悲伤跟我的悲伤两两相较，必须铢两悉称，毫发不爽，从外表、形相到细枝末节，都没有区别；要是这样一个人能够拈弄他的胡须微笑，把一切懊恼的事情放在脑后，用一些老生常谈自宽自解，忘却了悲叹，反而若无其事地干咳嗽，借着烛光，钻在书堆里，再也想不起自己的不幸——那么叫他来见我吧，我也许可以从他那里学到些忍耐的方法。可是世上不会有这样的人；因为，兄弟，人们对于自己并不感觉到的痛苦，是会用空洞的话来劝告慰藉的，可是他们要是自己尝到了这种痛苦的滋味，他们的理性就会让感情来主宰了，他们就会觉得他们给人家服用的药饵，对自己也不会发生效力；极度的疯狂，是不能用一根丝线把它拴住的，就像空话不能止痛一样。不，不，谁都会劝一个在悲哀的重压下辗转呻吟的人安心忍耐，可是谁也没有那样的修养和勇气，能够叫自己忍受同样的痛苦。所以不要给我劝告，我的悲哀的呼号会盖住劝告的声音。

安东尼奥　人们就是在这种地方，跟小孩子没有分别。

里奥那托　请你不必多说。我只是个血肉之躯的凡人；就是那些写惯洋洋洒洒的大文的哲学家们，尽管他们像天上的神明一样，蔑视着人生的灾难痛苦，一旦他们的牙齿痛起来，也是会忍受不住的。

安东尼奥　可是您也不要一味自己吃苦；您应该叫那些害苦了您的人也吃些苦才是。

里奥那托　你说得有理；对了，我一定要这样。我心里觉得希罗一定是受人诬谤；我要叫克劳狄奥知道他的错误，也要叫亲王跟那些破坏她的名誉的人知道他们的错误。

安东尼奥　亲王跟克劳狄奥急匆匆地来了。

　　　　　　唐·彼德罗及克劳狄奥上。

彼德罗　早安，早安。

无事生非

克劳狄奥　早安，两位老人家。

里奥那托　听我说，两位贵人——

彼德罗　里奥那托，我们现在没有工夫。

里奥那托　没有工夫，殿下！好，回头见，殿下；您现在这样忙吗？——好，那也不要紧。

彼德罗　嗳哟，好老人家，别跟我们吵架。

安东尼奥　要是吵了架可以报复他的仇恨，咱们中间总有一个人会送命的。

克劳狄奥　谁得罪他了？

里奥那托　嘿，就是你呀，你，你这假惺惺的骗子！怎么，你要拔剑吗？我可不怕你。

克劳狄奥　对不起，那是我的手不好，害得您老人家吓了一跳；其实它并没有要拔剑的意思。

里奥那托　哼，朋友！别对我扮鬼脸取笑。我不像那些倚老卖老的傻老头儿一般，只会向人吹吹我在年轻时候怎么了不得，要是现在再年轻了几岁，一定会怎么怎么。告诉你，克劳狄奥，你冤枉了我的清白的女儿，把我害得好苦，我现在忍无可忍，只好不顾我这一把年纪，凭着满头的白发和这身久历风霜的老骨头，向你挑战，看究竟谁是谁非。我说你冤枉了我的清白的女儿；你的信口的诽谤已经刺透了她的心，她现在已经跟她的祖先长眠在一起了；啊，想不到我的祖先清白传家，到了她身上却落下一个污名，这都是因为你的万恶的手段！

克劳狄奥　我的手段？

里奥那托　是的，克劳狄奥，我说是你的万恶的手段。

彼德罗　老人家您说错了。

里奥那托　殿下，殿下，要是他有胆量，我愿意用武力跟他较量出一个是非曲直来；虽然他击剑的本领不坏，练习得又勤，又是年轻力壮，可是我不怕他。

克劳狄奥　走开！我不要跟你胡闹。

里奥那托　你会这样推开我吗？你已经杀死了我的孩子；要是你把我也杀死了，孩子，才算你是个汉子。

安东尼奥　他要把我们两人一起杀死了，才算是个汉子；可是让他先杀死一个吧，让他跟我较量一下，看他能不能把我取胜。来，跟我来，孩子；来，哥儿，来，跟我来。哥儿，我要把你杀得无招架之功！我大丈夫说出来的话就算数。

里奥那托　兄弟——

安东尼奥　您宽心吧。上帝知道我爱我的侄女；她现在死了，给这些恶人们造的谣言气死了。他们只会欺负一个弱女子，可是叫他们跟一个男子汉决斗，却像叫他们从毒蛇嘴里拔出舌头来一样没有胆量。这些乳臭小儿，只会说大话，诓人的猴子，不中用的懦夫！

里奥那托　安东尼贤弟——

安东尼奥　您不要说话。干什么，好人儿！我看透了他们，知道他们的骨头一共有多少分两；这些胡闹的、寡廉鲜耻的纨袴公子们，就会说谎骗人，造谣生事，打扮得奇奇怪怪，装出一副吓唬人的样子，说几句假威风的言语，扬言他们要怎样打击敌人，假使他们有这胆量；这就是他们的全副本领！

里奥那托　可是，安东尼贤弟——

安东尼奥　不，这点小事您不用管，让我来对付他们。

彼德罗　两位老先生，我们不愿意冒犯你们。令嫒的死实在使我
　　　非常抱憾；可是凭着我的名誉发誓，我们对她说的话都是
　　　绝对确实，而且有充分的证据。

里奥那托　殿下，殿下——

彼德罗　我不要听你的话。

里奥那托　不要听我的话？好，兄弟，我们去吧。总有人会听我
　　　的话的——

安东尼奥　不要听也得听，否则咱们就拚个你死我活。（里奥那
　　　托、安东尼奥同下。）

　　　　　　　　培尼狄克上。

彼德罗　瞧，瞧，我们正要去找的那个人来啦。

克劳狄奥　啊，老兄，什么消息？

培尼狄克　早安，殿下。

彼德罗　欢迎，培尼狄克；你来迟了一步，我们刚才险些儿打起
　　　来呢。

克劳狄奥　我们的两个鼻子险些儿没给两个没有牙齿的老头子咬
　　　下来。

彼德罗　里奥那托跟他的兄弟。你看怎么样？要是我们真的打起
　　　来，那我们跟他们比起来未免太年轻点儿了。

培尼狄克　强弱异势，胜了也没有光彩。我是来找你们两个人的。

克劳狄奥　我们到处找着你，因为我们一肚子都是烦恼，想设法
　　　把它排遣排遣。你给我们讲个笑话吧。

培尼狄克　我的笑话就在我的剑鞘里，要不要拔出来给你们
　　　瞧瞧？

彼德罗 你是把笑话随身佩带的吗？

克劳狄奥 只听见把人笑破"肚皮"，可还没听说把笑话插在"腰"里。请你把它"拔"出来，就像乐师从他的琴囊里拿出他的乐器来一样，给我们弹奏弹奏解解闷吧。

彼德罗 嗳哟，他的脸色怎么这样白得怕人！你病了吗？还是在生气？

克劳狄奥 喂，放出勇气来，朋友！虽然忧能伤人，可是你是个好汉子，你会把忧愁赶走的。

培尼狄克 爵爷，您要是想用您的俏皮话儿挖苦我，那我是很可以把您对付得了的。请您换一个题目好不好？

克劳狄奥 好，他的枪已经弯断了，给他换一枝吧。

彼德罗 他的脸色越变越难看了；我想他真的在生气哩。

克劳狄奥 要是他真的在生气，那么他总知道刀子就挂在他身边。

培尼狄克 可不可以让我在您的耳边说句话？

克劳狄奥 上帝保佑我不要是挑战！

培尼狄克 （向克劳狄奥旁白）你是个坏人，我不跟你开玩笑：你敢用什么方式，凭着什么武器，在什么时候跟我决斗，我一定从命；你要是不接受我的挑战，我就公开宣布你是一个懦夫。你已经害死了一位好好的姑娘，她的阴魂一定会缠绕在你的身上。请你给我一个回音。

克劳狄奥 好，我一定奉陪就是了；让我也可以借此消消闷儿。

彼德罗 怎么，你们打算喝酒去吗？

克劳狄奥 是的，谢谢他的好意；他请我去吃一个小牛头，吃一只阉鸡，我要是不把它切得好好的，就算我的刀子不中用。说不定我还能吃到一只呆鸟吧。

无事生非

培尼狄克　您的才情真是太好啦，出口都是俏皮话儿。

彼德罗　让我告诉你那天贝特丽丝怎样称赞你的才情。我说你的才情很不错；"是的，"她说，"他有一点琐碎的小聪明。""不，"我说，"他有很大的才情。""对了，"她说，"他的才情是大而无当的。""不，"我说，"他有很善的才情。""正是，"她说，"因为太善了，所以不会伤人。""不，"我说，"这位绅士很聪明。""啊，"她说，"好一位聪明的绅士！""不，"我说，"他有一条能言善辩的舌头。""我相信您的话，"她说，"因为他在星期一晚上向我发了一个誓，到星期二早上又把那个誓毁了；他不止有一条舌头，他是有两条舌头哩。"这样她用足一点钟的工夫，把你的长处批评得一文不值；可是临了她却叹了口气，说你是意大利最漂亮的一个男人。

克劳狄奥　因此她伤心得哭了起来，说她一点不放在心上。

彼德罗　正是这样；可是说是这么说，她倘不把他恨进骨髓里去，就会把他爱到心窝儿里。那老头子的女儿已经完全告诉我们了。

克劳狄奥　全都说了——而且，当他躲在园里的时候，上帝就看见他。①

彼德罗　可是我们什么时候把那野牛的角儿插在有理性的培尼狄克的头上呢？

克劳狄奥　对了，还要在头颈下面挂着一块招牌，"请看结了婚的培尼狄克！"

---

①此句出自《旧约》；《创世记》。

培尼狄克　再见，哥儿；你已经知道我的意思。现在我让你一个人去唠唠叨叨说话吧；谢谢上帝，你讲的那些笑话正像只会说说大话的那些懦夫们的刀剑一样伤不了人。殿下，一向蒙您知遇之恩，我是十分地感谢，可是现在我不能再跟您继续来往了。您那位令弟已经从梅西那逃走；你们几个人已经合伙害死了一位纯洁无辜的姑娘。至于我们那位白脸公子，我已经跟他约期相会了；在那个时候以前，我愿他平安。（下。）

彼德罗　他果然认起真来了。

克劳狄奥　绝对地认真；我告诉您，他这样一本至诚，完全是为了贝特丽丝的爱情。

彼德罗　他向您挑战了吗？

克劳狄奥　他非常诚意地向我挑战了。

彼德罗　一个衣冠楚楚的人，会这样迷塞了心窍，真是可笑！

克劳狄奥　像他这样一个人，讲外表也许比一头猴子神气得多，可是他的聪明还不及一头猴子哩。

彼德罗　且慢，让我静下来想一想；糟了！他不是说我的兄弟已经逃走了吗？

　　　　道格培旦、弗吉斯及巡丁押康拉德、波拉契奥同上。

道格培里　你来，朋友；要是法律管不了你，那简直可以用不到什么法律了。不，你本来是个该死的伪君子，总得好好地看待看待你。

彼德罗　怎么！我兄弟手下的两个人都给绑起来啦！一个是波拉契奥！

克劳狄奥　殿下，您问问他们犯的什么罪。

彼德罗 巡官，这两个人犯了什么罪？

道格培里 禀王爷，他们乱造谣言；而且他们说了假话；第二点，他们信口诽谤；末了第六点，他们冤枉了一位小姐；第三点，他们做假见证；总而言之，他们是说谎的坏人。

彼德罗 第一点，我问你，他们干了些什么事？第三点，我问你，他们犯的什么罪？末了第六点，我问你，他们为什么被捕？总而言之，你控诉他们什么罪状？

克劳狄奥 问得很好，而且完全套着他的口气，把一个意思用各种不同的方式表达了出来。

彼德罗 你们两人得罪了谁，所以才给他们抓了起来问罪？这位聪明的巡官讲的话儿太奥妙了，我听不懂。你们犯了什么罪？

波拉契奥 好殿下，我向您招认一切以后，请您不必再加追问，就让这位伯爵把我杀死了吧。我已经当着您的眼前把您欺骗；您的智慧所观察不到的，却让这些蠢货们揭发出来了。他们在晚上听见我告诉这个人您的兄弟唐·约翰怎样唆使我毁坏希罗小姐的名誉；你们怎样听了他的话到花园里去，瞧见我在那儿跟打扮做希罗样子的玛格莱特昵昵情话；以及你们怎样在举行婚礼的时候把她羞辱。我的罪恶已经给他们记录下来；我现在但求一死，不愿再把它重新叙述出来，增加我的惭愧。那位小姐是受了我跟我的主人诬陷而死的；总之，我不求别的，只请殿下处我应得之罪。

彼德罗 他的这一番话，不是像一柄利剑刺进了你的心坎吗？

克劳狄奥 我听他说话，就像是吞下了毒药。

彼德罗 可是果真是我的兄弟指使你做这种事的吗？

波拉契奥 是的，他还给了我很大的酬劳呢。

彼德罗 他是个奸恶成性的家伙，现在一定是为了阴谋暴露，所以逃走了。

克劳狄奥 亲爱的希罗！现在你的形象又回复到我最初爱你的时候那样纯洁美好了！

道格培里 来，把这两个原告带下去。咱们那位司事先生现在一定已经把这件事情告诉里奥那托老爷知道了。弟兄们，要是碰上机会，你们可别忘了替我证明我是头驴子。

弗吉斯 啊，里奥那托老爷来了，司事先生也来了。

里奥那托、安东尼奥及教堂司事重上。

里奥那托 这个恶人在哪里？让我把他的面孔认认清楚，以后看见跟他长得模样差不多的人，就可以远而避之。两个人中哪一个是他？

波拉契奥 您倘要知道谁是害苦了您的人，就请瞧着我吧。

里奥那托 就是你这奴才用你的鬼话害死了我的清白的孩子吗？

波拉契奥 是的，那全是我一个人干的事。

里奥那托 不，恶人，你错了；这儿有一对正人君子，还有第三个已经逃走了，他们都是有分的。两位贵人，谢谢你们害死了我的女儿；你们干了这一件好事，是应该在青史上大笔特书的。你们自己想一想，这一件事情干得多光彩。

克劳狄奥 我不知道应该怎样向您请求原谅，可是我不能不说话。您爱怎样处置我就怎样处置我吧，我愿意接受您所能想得到的无论哪一种惩罚；虽然我所犯的罪完全是出于误会的。

彼德罗 凭着我的灵魂起誓，我也犯下了无心的错误；可是为了消消这位好老人家的气起见，我也愿意领受他的任何重罚。

无事生非

里奥那托　我不能叫你们把我的女儿救活过来，那当然是不可能的事；可是我要请你们两位向这儿梅西那所有的人宣告她死得多么清白。要是您的爱情能够鼓动您写些什么悲悼的诗歌，请您就把它悬挂在她的墓前，向她的尸骸歌唱一遍；今天晚上您就去歌唱这首挽歌。明天早上您再到我家里来；您既然不能做我的子婿，那么就做我的侄婿吧。舍弟有一个女儿，她跟我去世的女儿长得一模一样，现在她是我们兄弟两人唯一的嗣息；您要是愿意把您本来应该给她姊姊的名分转给她，那么我这口气也就消下去了。

克劳狄奥　啊，可敬的老人家，您的大恩大德，真使我感激涕零！我敢不接受您的好意；从此以后，不才克劳狄奥愿意永远听从您的驱使。

里奥那托　那么明天早上我等您来；现在我要告别啦。这个坏人必须叫他跟玛格莱特当面质对；我相信她也一定受到令弟的贿诱，参加这阴谋的。

波拉契奥　不，我可以用我的灵魂发誓，她并不知情；当她向我说话的时候，她也不知道她已经做了些什么不应该做的事；照我平常所知道，她一向都是规规矩矩的。

道格培里　而且，老爷，这个原告，这个罪犯，还叫我做驴子；虽然这句话没有写下来，可是请您在判罪的时候不要忘记。还有，巡丁听见他们讲起一个坏贼，到处用上帝的名义向人借钱，借了去永不归还，所以现在人们的心肠都变得硬起来，不再愿意看在上帝的面上借给别人半个子儿了。请您在这一点上也要把他仔细审问审问。

里奥那托　谢谢你这样细心，这回真的有劳你啦。

道格培里 您老爷说得真像一个知恩感德的小子，我为您赞美上帝！

里奥那托 这儿是你的辛苦钱。

道格培里 上帝保佑，救苦救难！

里奥那托 去吧，你的罪犯归我发落，谢谢你。

道格培里 我把一个大恶人交在您手里；请您自己把他处罚，给别人做个榜样。上帝保佑您老爷！愿老爷平安如意，无灾无病！后会无期，小的告辞了！来，伙计。（道格培里、弗吉斯同下。）

里奥那托 两位贵人，咱们明天早上再见。

安东尼奥 再见；我们明天等着你们。

彼德罗 我们一定准时奉访。

克劳狄奥 今晚我就到希罗坟上哀吊去。（彼德罗、克劳狄奥同下。）

里奥那托 （向巡丁）把这两个家伙带走。我们要去问一问玛格莱特，她怎么会跟这个下流的东西来往。（同下。）

第二场　里奥那托的花园

　　　　培尼狄克及玛格莱特自相对方向上。

培尼狄克 好玛格莱特姑娘，请你帮帮忙替我请贝特丽丝出来说话。

玛格莱特 我去请她出来了。您肯不肯写一首诗歌颂我的美貌呢？

培尼狄克　我一定会写一首顶高雅的、哪一个男子别想高攀得上的诗送给你。凭着最讨人喜欢的真理起誓，你真配。

玛格莱特　再没哪个男子能够高攀得上！那我只好一辈子"落空"啦？

培尼狄克　你这张嘴说起俏皮话来，就像猎狗那样会咬人。

玛格莱特　您的俏皮话就像一把练剑用的钝刀头子，怎样使也伤不了人。

培尼狄克　这才叫大丈夫，他不肯伤害女人。玛格莱特，请你快去叫贝特丽丝来吧——我服输啦，我向你缴械，盾牌也不要啦。

玛格莱特　盾牌我们自己有，把剑交上来。

培尼狄克　这可不是好玩儿的，玛格莱特，这家伙才叫危险，只怕姑娘降不住他。

玛格莱特　好，我就去叫贝特丽丝出来见您；我想她自己也生腿的。

培尼狄克　所以一定会来。（玛格莱特下）

　　恋爱的神明，

　　高坐在天庭，

　　知道我，知道我，

　　多么的可怜！——

我的意思是说，我的歌喉是多么糟糕得可怜；可是讲到恋爱，那么那位游泳好手里昂德，那位最初发明请人拉纤的特洛伊罗斯，以及那一大批载在书上的古代的风流才子们，他们的名字至今为骚人墨客所乐道，谁也没有像可怜的我这样真的为情颠倒了。可惜我不能把我的热情用诗句表示出来；我曾经搜索枯肠，可是找来找去，可以跟"姑娘"押韵的，只有"儿郎"两个字，一个孩子气的韵！可以跟"羞辱"押韵的，只有"甲壳"两个字，一个硬绷绷的韵！可以跟"学校"押韵的，只有"呆鸟"两个字，一个混账的韵！这些韵脚都不大吉利。不，我想我命里没有诗才，我也不会用那些风花雪月的话儿向人求爱。

贝特丽丝上。

培尼狄克　亲爱的贝特丽丝，我一叫你你就出来了吗？

贝特丽丝　是的，先生；您一叫我走，我也就会去的。

培尼狄克　不，别走，再呆一会儿。

贝特丽丝　"一会儿"已经呆过了，那么再见吧——可是在我未去以前，让我先问您一个明白，您跟克劳狄奥说过些什么话？我原是为这事才来的。

培尼狄克　我已经骂过他了；所以给我一个吻吧。

贝特丽丝　骂人的嘴是不干净的；不要吻我，让我去吧。

培尼狄克　你真会强辞夺理。可是我必须明白告诉你，克劳狄奥已经接受了我的挑战，要是他不就给我一个回音，我就公开宣布他是个懦夫。现在我要请你告诉我，你究竟为了我哪一点坏处而开始爱起我来呢？

贝特丽丝　为了您所有的坏处，它们朋比为奸，尽量发展它们的恶势力，不让一点好处混杂在它们中间。可是您究竟为了我哪一点好处，才对我害起相思来呢？

培尼狄克　"害起相思来"，好一句话！我真的给相思害了，因为我爱你是违反我的本心的。

贝特丽丝　那么您原来是在跟您自己的心作对。唉，可怜的心！

你既然为了我的缘故而跟它作对，那么我也要为了您的缘故而跟它作对了；因为我的朋友要是讨厌它，我当然再也不会欢喜它的。

培尼狄克　咱们两个人都太聪明啦，总不会安安静静地讲几句情话。

贝特丽丝　照您这样说法，恐怕未必如此；真的聪明人是不会自称自赞的。

培尼狄克　这是一句老生常谈，贝特丽丝，在从前世风淳厚、大家能够赏识他邻人的好处的时候，未始没有几分道理。可是当今之世，谁要是不乘他自己未死之前预先把墓志铭刻好，那么等到丧钟敲过，他的寡妇哭过几声以后，谁也不会再记得他了。

贝特丽丝　您想那要经过多少时间呢？

培尼狄克　问题就在这里，左右也不过钟鸣一小时，泪流一刻钟而已。所以一个人只要问心无愧，把自己的好处自己宣传宣传，就像我对于我自己这样，实在是再聪明不过的事。我可以替我自己作证，我这个人的确不坏。现在已经自称自赞得够了——我敢给自己担保，我这个人完全值得称赞——请你告诉我，你的妹妹怎样啦？

贝特丽丝　她现在憔悴不堪。

培尼狄克　你自己呢？

贝特丽丝　我也是憔悴不堪。

培尼狄克　敬礼上帝，尽心爱我，你的身子就可以好起来。现在我应该去啦；有人慌慌张张地找你来了。

　　　　欧苏拉上。

欧苏拉 小姐，快到您叔叔那儿去。他们正在那儿议论纷纷：希罗小姐已经证明受人冤枉，亲王跟克劳狄奥上了人家一个大大的当；唐·约翰是罪魁祸首，他已经逃走了。您就来吗？

贝特丽丝 先生，您也愿意去听听消息吗？

培尼狄克 我愿意活在你的心里，死在你的怀里，葬在你的眼里；我也愿意陪着你到你叔叔那儿去。（同下。）

第三场　教堂内部

唐·彼德罗、克劳狄奥及侍从等携乐器蜡烛上。

克劳狄奥 这儿就是里奥那托家的坟堂吗？

一侍从 正是，爵爷。

克劳狄奥 （展手卷朗诵）"青蝇玷玉，谗口铄金，嗟吾希罗，月落星沉！生蒙不虞之毁，死播百世之馨；惟令德之昭昭，斯虽死而犹生。"我将你悬在坟上，当我不能说话时候，你仍在把她赞扬！现在奏起音乐来，歌唱你们的挽诗吧。

歌

惟兰蕙之幽姿兮，

遽一朝而摧焚：

风云怫郁其变色兮，

月姊掩脸而似嗔：

语月姊兮毋嗔，

听长歌兮当哭；

绕墓门而逡巡兮，

岂百身之可赎！

风瑟瑟兮云漫漫，

纷助予之悲叹；

安得起重泉之白骨兮，

及长夜之未旦！

克劳狄奥 幽明从此音尘隔，岁岁空来祭墓人。永别了，希罗！

彼德罗 早安，列位朋友；把你们的火把熄了。豺狼已经觅食回来；瞧，熹微的晨光在日轮尚未出现之前，已经在欲醒未醒的东方缀上鱼肚色的斑点了。劳驾你们，现在你们可以回去了；再会。

克劳狄奥 早安，列位朋友；大家各走各的路吧。

彼德罗 来，我们也去换好衣服，再到里奥那托家里去。

克劳狄奥 但愿许门有灵，这一回赐给我好一点的运气！

（同下。）

第四场　里奥那托家中一室

里奥那托、安东尼奥、培尼狄克、贝特丽丝、玛格莱特、欧苏拉、法兰西斯神父及希罗同上。

神父 我不是对您说她是无罪的吗？

里奥那托 亲王跟克劳狄奥怎样凭着莫须有的罪名冤诬她，您是听见的，他们误信人言，也不能责怪他们；可是玛格莱特在这件事情上也有几分不是，虽然照盘问和调查的结果看起来，她的行动并不是出于本意。

安东尼奥　好，一切事情总算圆满收场，我很高兴。

培尼狄克　我也很高兴，因为否则我有誓在先，非得跟克劳狄奥
那小子算账不可。

里奥那托　好，女儿，你跟各位姑娘进去一会；等我叫你们出来
的时候，大家戴上面罩出来。亲王跟克劳狄奥约定在这个
时候来看我的。（众女下）兄弟，你知道你应该做些什么
事；你必须做你侄女的父亲，把她许婚给克劳狄奥。

安东尼奥　我一定会扮演得神气十足。

培尼狄克　神父，我想我也要有劳您一下。

神父　先生，您要我做些什么事？

培尼狄克　替我加上一层束缚，或者替我解除独身主义的约束吧。
里奥那托大人，不瞒您说，好老人家，令侄女对我很是另
眼相看。

里奥那托　不错，她这一只另外的眼睛是我的女儿替她装上去的。

培尼狄克　为了报答她的眷顾，我也已经把我的一片痴心呈献
给她。

里奥那托　您这一片痴心，我想是亲王、克劳狄奥跟我三个人替
您安放进去的。可是请问有何见教？

培尼狄克　大人，您说的话太玄妙了。可是讲到我的意思，那么
我是希望得到您的许可，让我们就在今天正式成婚；好神
父，这件事情我要有劳您啦。

里奥那托　我竭诚赞成您的意思。

神父　我也愿意效劳。亲王跟克劳狄奥来啦。

　　　　　唐·彼德罗、克劳狄奥及侍从等上。

无事生非

彼德罗　早安，各位朋友。

里奥那托　早安，殿下；早安，克劳狄奥。我们正在等着你们呢。
您今天仍旧愿意娶我的侄女吗？

克劳狄奥　即使她长得像黑炭一样，我也决不反悔。

里奥那托　兄弟，你去叫她出来；神父已经等在这儿了。（安东尼
奥下。）

彼德罗　早安，培尼狄克。啊，怎么，你的面孔怎么像严冬一样
难看，堆满了霜雪风云？

克劳狄奥　他大概想起了那头野牛。呸！怕什么，朋友！我们要
用金子镶在你的角上，整个的欧罗巴都会欢喜你，正像从
前欧罗巴欢喜那因为爱情而变成一头公牛的乔武一样。

培尼狄克　乔武老牛叫起来声音很是好听；大概也有那么一头野
牛看中了令尊大人那头母牛，结果才生下了像老兄一样
的一头小牛来，因为您的叫声也跟他差不多，倒是家学
渊源哩。

克劳狄奥　我暂时不跟你算账；这儿来了我一笔待清的债务。

　　　　　　安东尼奥率众女戴面罩重上。

克劳狄奥　哪一位姑娘我有福握住她的手？

安东尼奥　就是这一个，我现在把她交给您了。

克劳狄奥　啊，那么她就是我的了。好人，让我瞻仰瞻仰您的
芳容。

里奥那托　不，在您没有挽着她的手到这位神父面前宣誓娶她为
妻以前，不能让您瞧见她的面孔。

克劳狄奥　把您的手给我；当着这位神父之前，我愿意娶您为妻，
要是您不嫌弃我的话。

希罗 当我在世的时候，我是您的另一个妻子；（取下面罩）当您爱我的时候，您是我的另一个丈夫。

克劳狄奥 又是一个希罗！

希罗 一点不错；一个希罗已经蒙垢而死，但我以清白之身活在人间。

彼德罗 就是从前的希罗！已经死了的希罗！

里奥那托 殿下，当谗言流传的时候，她才是死的。

神父 我可以替你们解释一切；等神圣的仪式完毕以后，我会详细告诉你们希罗逝世的一段情节。现在暂时把这些怪事看做不足为奇，让我们立刻到教堂里去。

培尼狄克 慢点儿，神父。贝特丽丝呢？

贝特丽丝 （取下面罩）我就是她。您有什么见教？

培尼狄克 您不是爱我吗？

贝特丽丝 啊，不，我不过照着道理对待您罢了。

培尼狄克 这样说来，那么您的叔父、亲王跟克劳狄奥都受了骗啦；因为他们发誓说您爱我的。

贝特丽丝 您不是爱我吗？

培尼狄克 真的，不，我不过照着道理对待您罢了。

贝特丽丝 这样说来，那么我的妹妹、玛格莱特跟欧苏拉都大错而特错啦；因为她们发誓说您爱我的。

培尼狄克 他们发誓说您为了我差不多害起病来啦。

贝特丽丝 她们发誓说您为了我差不多活不下去啦。

培尼狄克 没有这回事。那么您不爱我吗？

贝特丽丝 不，真的，咱们不过是两个普通的朋友。

里奥那托 好了好了，侄女，我可以断定你是爱着这位绅士的。

克劳狄奥　我也可以赌咒他爱着她；因为这儿就有一首他亲笔写的歪诗，是他从自己的枯肠里搜索出来，歌颂着贝特丽丝的。

希罗　这儿还有一首诗，是我姊姊的亲笔，从她的口袋里偷出来的；这上面伸诉着她对于培尼狄克的爱慕。

培尼狄克　怪事怪事！我们自己的手会写下跟我们心里的意思完全不同的话。好，我愿意娶你；可是天日在上，我是因为可怜你才娶你的。

贝特丽丝　我不愿拒绝您；可是天日在上，我只是因为却不过人家的劝告，一方面也是因为要救您的性命，才答应嫁给您的；人家告诉我您在一天天瘦下去呢。

培尼狄克　别多话！让我堵住你的嘴。（吻贝特丽丝。）

彼德罗　结了婚的培尼狄克，请了！

培尼狄克　殿下，我告诉你吧，就是一大伙鼓唇弄舌的家伙向我鸣鼓而攻，我也决不因为他们的讥笑而放弃我的决心。你以为我会把那些冷嘲热讽的话儿放在心上吗？不，要是一个人这么容易给人家用空话打倒，他根本不配穿体面的衣服。总之，我既然立志结婚，那么无论世人说些什么闲话，我都不会去理会他们；所以你们也不必因为我从前说过反对结婚的话而把我取笑，因为人本来是个出尔反尔的东西，这就是我的结论了。至于讲到你，克劳狄奥，我倒很想把你打一顿；可是既然你就要做我的亲戚了，那么就让你保全皮肉，好好地爱我的小姨吧。

克劳狄奥　我倒很希望你会拒绝贝特丽丝，这样我就可以用棍子打你一顿，打得你不敢再做光棍了。我就担心你这家伙不大靠得住；我的大姨应该把你监管得紧一点才好。

培尼狄克　得啦得啦，咱们是老朋友。现在我们还是趁没有举行婚礼之前，大家跳一场舞，让我们的心跟我们妻子的脚跟一起飘飘然起来吧。

里奥那托　还是结过婚再跳舞吧。

培尼狄克　不，我们先跳舞再结婚；奏起音乐来！殿下，你好像有些什么心事似的；娶个妻子吧，娶个妻子吧。世上再没有比那戴上一顶绿帽子的丈夫更受人敬重了。

　　　　　　一使者上。

使者　殿下，您的在逃的兄弟约翰已经在路上给人抓住，现在由武装的兵士把他押回到梅西那来了。

培尼狄克　现在不要想起他，明天再说吧；我可以给你设计一些最巧妙的惩罚他的方法。吹起来，笛子！（跳舞。众下。）